共和国故事

为民造福

——治理海河工程规划与建设

张学亮 编写

吉林出版集团股份有限公司

图书在版编目（CIP）数据

为民造福：治理海河工程规划与建设/张学亮编. —

长春：吉林出版集团股份有限公司，2009.12

　　（共和国故事）

　　ISBN 978-7-5463-1752-6

　　Ⅰ. ①为… Ⅱ. ①张… Ⅲ. ①纪实文学 – 中国 – 当代 Ⅳ. ①I25

中国版本图书馆 CIP 数据核字（2009）第 237709 号

为民造福——治理海河工程规划与建设

WEI MIN ZAOFU　　　ZHILI HAI HE GONGCHENG GUIHUA YU JIANSHE

编写　张学亮

责任编辑　祖航　林丽

出版发行　吉林出版集团股份有限公司

印刷　三河市嵩川印刷有限公司

版次　2010 年 1 月第 1 版　　　　2022 年 1 月第 9 次印刷

开本　710mm×1000mm　1/16　　　印张　8　字数　69 千

书号　ISBN 978-7-5463-1752-6　　　定价　29.80 元

社址　吉林省长春市福祉大路 5788 号

电话　0431 – 81629968

电子邮箱　tuzi8818@126.com

版权所有　翻印必究

如有印装质量问题，请寄本社退换

前　言

　　自 1949 年 10 月 1 日中华人民共和国成立至今,新中国已走过了 60 年的风雨历程。历史是一面镜子,我们可以从多视角、多侧面对其进行解读。然而有一点是可以肯定的,那就是,半个多世纪以来,在中国共产党的领导下,中国的政治、经济、军事、外交、文化、教育、科技、社会、民生等领域,都发生了深刻的变化,中国人民站起来了,中华民族已屹立于世界民族之林。

　　60 年是短暂的,但这 60 年带给中国的却是极不平凡的。60 年的神州大地经历了沧桑巨变。从开国大典到 60 年国庆盛典,从经济战线上的三大战役到经济总量居世界第三位,从对农业、手工业、资本主义工商业的三大改造到社会主义市场经济体制的基本确立,从宜将剩勇追穷寇到建立了强大的国防军,从废除一切不平等条约到独立自主的和平外交政策,从"双百"方针到体制改革后的文化事业欣欣向荣,从扫除文盲到实施科教兴国战略建设新型国家,从翻身解放到实现小康社会,凡此种种,中国人民在每个领域无不留下发展的足迹,写就不朽的诗篇。

　　60 年的时间在历史的长河中可谓沧海一粟。其间究竟发生了些什么,怎样发生的,过程怎样,结果如何,却非人人都清楚知道的。对此,亲身经历者或可鲜活如昨,但对后来者来说却可能只是一个概念，对某段历史的记忆影像或不存在，或是模糊的。基于此，为了让年轻人，特别是青少年永远铭记共和国这段不朽的历史，我们推出了这套《共和国故事》。

《共和国故事》虽为故事，但却与戏说无关，我们不过是想借助通俗、富于感染力的文字记录这段历史。在丛书的谋篇布局上，我们尽量选取各个时代具有代表性或深具普遍意义的若干事件加以叙述，使其能反映共和国发展的全景和脉络。为了使题目的设置不至于因大而空，我们着眼于每一重大历史事件的缘起、过程、结局、时间、地点、人物等，抓住点滴和些许小事，力求通透。

历史是复杂的，事态的发展因素也是多方面的。由于叙述者的视角、文化构成不同，对事件的认知或有不足，但这不会影响我们对整个历史事件的判断和思考，至于它能否清晰地表达出我们编辑这套书的本意，那只能交给读者去评判了。

这套丛书可谓是一部书写红色记忆的读物，它对于了解共和国的历史、中国共产党的英明领导和中国人民的伟大实践都是不可或缺的。同时，这套丛书又是一套普及性读物，既针对重点阅读人群，也适宜在全民中推广。相信它必将在我国开展的全民阅读活动中发挥大的作用，成为装备中小学图书馆、农家书屋、社区书屋、机关及企事业单位职工图书室、连队图书室等的重点选择对象。

编　者

2010 年 1 月

一、 决策与规划

● 毛泽东为海河展览题词：一定要根治海河！

● 周恩来题词：向为战胜历史上少见的洪涝灾害而进行顽强斗争的各级干部、各界人民、部队官兵表示最大敬意！要为支援灾区、重建家园、争取明年丰收、彻底治理海河而继续奋斗。

● 中共中央、国务院同意河北省委关于"三五"期间根治海河重点工程的报告，并指出，由国家计委和水利水电部统筹研究确定后报中央确定。

河北多次发生水涝灾害

1963 年 8 月，河北省中南部地区发生了历史罕见的特大暴雨和洪水。

8 月 1 日至 10 日，雨量超过 1000 毫米的有 5000 多平方公里，超过 500 毫米的有 4 万多平方公里。

暴雨中心内丘县獐么站一天的雨量就达 865 毫米，为我国大陆部分的最高降雨纪录。

这次海河南系一次降雨总量 577 亿立方米，产生径流量 302 亿立方米。

1949 年，河北省接收过来的水利摊子是一片残破局面。洪、涝、旱、碱灾害十分严重。

1949 年遇到了大洪涝，全省粮食总产量只有 45 多亿公斤，平均亩产 43 公斤，棉花亩产 10 多公斤。

恢复时期，全省就吃国家统销粮 17.5 亿公斤。

新中国成立后，党和政府虽然领导人民群众做了许多水利工程，由于数量较少、标准偏低，水旱灾害仍然相当严重。在三年调整时期，河北省连续遇到了 3 年大的水旱灾害。

1962 年遇到大旱，河北全省旱灾面积达 2400 万亩，是新中国成立以来最严重的。

在盐碱地方面，由于三年调整时搞了一块地对一块地的打坝截流，打乱了排沥通道，地下水位急剧上升，全省盐碱地面积，由原来的1680万亩上升到2300万亩。

就连原来的一些好地，也发生了盐碱化，全省因此减产严重。

这年滦河发生特大洪水，洪峰流量达到3.4万立方米每秒，是有记载以来的最大洪水，洪量达48亿立方米，给沿河及下游地区造成了大面积的洪涝。

1963年，由于洪水过大，来势猛，河北全省遭受严重灾害。邯郸、邢台、石家庄、保定、衡水、沧州、天津7个专区101个县、市受灾，进水县城32个，被水围县城33个，受灾村庄2万多个，其中水淹1.3万多个。邯郸、邢台、保定被水淹，市内水深两三米。

这一年，河北全省受灾面积4700多万亩，成灾面积3700多万亩，有200多万亩农田被水冲沙压。

倒塌房屋1200多万间。邯郸、邢台、石家庄、保定4市88%的工业被淹停产，天津市岌岌可危。

这次抗洪的重要任务就是确保天津市和津浦线的安全。有些矿井被淹。京广、石德、石太铁路多处被冲毁。冲毁桥梁32座，公路2万多公里。

佐村、刘家台、东川口、乱木、马河5座中型水库垮坝，小水库失事330座。

灌溉工程62%被冲毁，平原排水工程约90%被冲毁，梯田、塘坝一半以上损坏。

全省经济损失近60亿元、减产粮食24亿公斤，灾情之重是历史罕见的。

1964年，河北省平原地区遇到历史上大水涝，沧州、衡水地区，4月份雨量就为常年同期雨量的10多倍。

从7月1日至9月17日，全省平均雨量500多毫米，超过1000毫米的有2600多平方公里，全省淹地3600万亩。

因此，河北的治水工作成了最主要的工作。

人民群众渴望根治海河

海河流域是我国七大水系之一。它东临渤海，南界黄河，西靠太行山，北依燕山，跨北京、天津、河北、山东、河南、内蒙古、辽宁、山西等省级行政区，总面积达 32 万平方公里。

海河集纳蓟运、潮白、北运、永定、大清、子牙、漳卫、南运等河系，上有 300 多条支流，犹如一把巨扇以海河干流为柄注入渤海，其中最长的河流达千余公里。海河干流自市区三岔河口起，延伸 72 公里到塘沽入海。

天津位于九河下梢，历史上从不缺水，但最怕水。那年头，不知天上哪来的那么多的雨水，整天地往下灌，坑、洼、淀、塘都满了，沟、渠、河道也都满了，上游的灾区还是一直往下放，最后都汇集到了天津。

人们眼看着河水一天一天往上涨，心都提到嗓子眼儿了。

眼看着洪水就要满堤，天津市里发布了动员令，成年男子都参加了抗洪。

为了保住天津这个华北最大的工业城市，中央命令在大清河炸坝泄洪，滔滔的洪水一泻千里，把河北淹成一片泽国。

一次，有个人去大王庄，路过金刚桥，只见河水几乎和河岸持平，只有临时堆砌的土埝摆在那里，真是吓人。

天津老城有四门，出北门到运河有一道重要关卡，人称北大关。关前有一条直道，直奔北营门，直道两侧分关上、关下。关上地势高，关下地势低洼。

解放前，洪水淹了劝业场二楼，却没有淹到关上。那时关上大部分住的是买卖商家，关上住的人还是安全的。

历史上，海河流域洪涝灾害频发：1917年、1939年两次水淹天津市区。

1917年海河流域南系和北系同时出现暴雨，大清河系越过京汉铁路的最大流量2万立方米每秒，子牙河系为3万立方米每秒，相当于1963年的三分之二左右，大清河系诸河在蓄满天津以西诸洼淀后，冲开南运河堤和市区围埝进入市中心，和平路水深1米，街道行船20天积水不退，海河淤积1.7米。

1939年以北系洪水为主，7～8月份降水总量约304亿立方米，当时正是日寇侵华时期，没有人管治水的事，洪水冲垮南围堤后进入市区，有78%的面积被水淹泡，海河右岸沿街行船，一些有钱的人家甚至不惜用整袋的面粉囤积于门，用以挡水。

市区积水最深达3米，长达一个半月，受灾人口80万，倒塌房屋1.4万户。

当时报纸以通栏标题报道：

天津民众伏卧屋顶，苟延残喘，难民堆积街头，鹄立兴叹。

1963 年发洪水，在"速泄北水，缓滞南水"的战略决策下，各路洪水陆续抵达天津外围后，抢险队伍连续进行了 5 次战役，保障了天津市的安全。

抗洪斗争是紧张而有序的，可概括为：

　　决策正确，措施得当，科学严谨，高度负责，纪律严明，众志成城。

当时的河北省设计院内，工程技术干部都准备好了有关资料和简单的日常用品，只要防办一个电话就立即出发去处理有关问题，甚至来不及给家人打个招呼。

他们出发时都穿着单薄的衣服，甚至只穿了短裤短衫，9 月下旬凯旋时，已是秋凉如水的季节了。

以往暑期是外业队职工休假的时间，而 1963 年有近百名干部、工人参加了天津市组织的万人抢险队伍，有的人家就在灾区，也顾不上回去。

他们在子牙河的当城附近担负护提抢险任务，住帐篷，饮河水，过水区的老鼠、野兔和蛇也都被驱赶到了河堤，与人争地，爬到帐篷里，比比皆是，甚至钻到床铺上和鞋里。

50 多天的抗洪任务完成后，很多人都用破了三五副垫肩，个个都是黝黑的脸庞，手上、肩上留下了厚厚的老茧。

一些女同志，虽然没有去前线，但任务也是很重的。首先要照顾好一线职工家属的生活，按科室分片包干，诸如负责买粮、买菜、孩子入托等事宜。

她们还按照省直机关的统一部署为灾区群众加工熟食，先是帮助食堂蒸馒头，送到飞机场，空投给灾区群众，但因天热有时两三天后被捞起时已变馊，后又改为烙饼和学解放军将面炒熟加盐，以解被困群众的燃眉之急。

参与那次大规模水利会战的民工，在十分艰苦的条件下，发扬了高度的奉献精神。

当时，国家刚刚遭受三年自然灾害，群众生活极度困难，国家财力也是捉襟见肘，无力给予支持，只能实行"群众出工、队记工分、国家管饭"的政策，每个工日只补助 0.4 元。

管饭也只能是"三七开"，即十分之七是粗粮，主要是玉米，十分之三是地瓜干。

那么大的劳动强度，那么差的物质条件，而当年，河北人民却十分体谅国家的困难，不计报酬，不为名利，义无反顾地走在离家近百里、甚至数百里的工地上。

他们在旷野上战斗，住工棚，吃"两合面"的馒头，五更起，半夜眠，每天劳动 10 多个小时，不叫苦不怕累，轻伤小病不离工地，即使在施工中遭到大片的淤泥、流沙、苇根、蛤蜊堆，也不怨天尤人。

大家硬是靠群威群胆，用手扒，用布兜抬，一往无前，最终取得了胜利。

他们坚持"不要报酬要质量，不为自己为社会主义""宁超标一寸，不少挖一分"，为实现治理计划而万众一心、奋斗不已。

参与那次大规模水利建设的各级领导干部、科技人员、解放军指战员，与民工同吃、同住、同劳动，在指挥施工的实际中增长才干、提高汛识，又在新的汛识水平上指导群众实践，完成原定规划，充实新的内容。

当时按照"六一年雨型防洪、六四年雨型排涝"的标准扩挖骨干河道的土方工程接近尾声时，他们及时提出了相应治理支流的动议。

大家经多方论证，提出了排水河道建闸、相机蓄水的方案；总结历史经验，提出趋利避害措施，使领导下决心恢复了曾经遭受过挫折的引黄灌溉工程和平原水库建设。

他们还提出"以井保丰、以河补源"的理念，使河北平原兴起了机井建设高潮。

正是这些创造性的决策，推动着水利会战一浪接一浪，前进不已。

特别是随着大规模治理进一步深化，当桥涵闸建设迫切需要跟上的时候，他们又协助各地、县组建"以农为主、农工结合"的建筑施工队伍，边教边学边干，不但为全面完成治理规划提供了保证，而且为今后的水利施工培养、锻炼出一批技术人才。

1963年洪水，水位远超纪录，平地行洪百里，海河平原一片汪洋，受灾市县100余个，受灾人口达2200余万，京广铁路因灾中断27天。

在党和政府的领导下，数百万军民顽强抗争两个多月，终于胜利地保卫了天津市和津浦铁路的安全。

经过这次战胜特大洪水的灾害事件，河北全省人民更增强了根治海河的信心和决心。

因此，广大人民更迫切地希望党中央能发出根治海河的号召。

毛泽东发出伟大号召

1964 年 11 月 17 日，毛泽东为海河展览题词：

一定要根治海河！

刘少奇题词：

记取这一次洪水和其他各次水旱灾害的教训，全省人民团结起来，努力奋斗，决心以 20 年左右的时间，分期分批地把河北水利建设好。

周恩来题词：

向为战胜历史上少见的洪涝灾害而进行顽强斗争的各级干部、各界人民、部队官兵表示最大敬意！要为支援灾区、重建家园、争取明年丰收、彻底治理海河而继续奋斗。

朱德题词：

战胜洪水，保卫社会主义建设。

早在 1962 年 12 月，毛泽东路经天津，他听取了河北省委汇报工作，毛泽东指出："水利、工业都不能冒进。要分步骤、有计划地，一步一步地搞。譬如前边讲的打井、修水库，十年的事情，在三两年内搞成就不行，要抓紧，要控制，要大权独揽、小权分散。大权独揽就是集中在中央、中央局、省。下面各级都要听指挥。不然搞不好就又会浮夸。不听指挥，瞎指挥就又来了，你们要好好掌握。"

1963 年 10 月，河北遭受洪灾，毛泽东在听了河北省领导汇报后，对河北的灾情计算了一下，他说：

从 1949 年到 1963 年 15 年来，1954 年、1956 年、1963 年 3 年大灾、5 年中灾，1952 年、1957 年、1958 年 3 年丰收、4 年中收。

毛泽东接着说：

农业要上，首先解决水、肥。水就要修水库、打井、洼地排涝，肥主要是养猪，还有一个林。

毛泽东在这次汇报最后说：

河北省根本问题还是水利问题。

　　在另一次汇报河北保丰收，搞 10 年水利建设计划时，毛泽东又说：

　　河北省要得丰收，根本问题是水的问题。

　　当河北省委第一书记兼省军区第一政委林铁汇报水利问题时，毛泽东问："河北第一大河流是哪个？"

　　林铁回答："水量大第一是滦河，第二是滹沱河，第三是永定河。"

　　当谈到滦河大型水库潘家口、桃林口两水库时，毛泽东问："作用是什么？是防洪和灌溉？"

　　林铁说："潘家口水库能蓄水 40 多亿立方米，不仅能防洪，还可灌溉与发电。"

　　毛泽东说："40 亿就成了河北省最大水库了。"

　　林铁接着汇报说："在海河水系里子牙河危害最大，尤其对天津市的威胁更为严重，打算先在子牙河上开一条献县减河。"

　　毛泽东说："献县是哪个专区？搞减河有多大？"林铁回答说："约 300 华里。"

　　毛泽东说："100 多公里也不算什么大工程嘛！搞了这条减河天津市也受益呀！对天津几百万人负责任嘛。"

　　毛泽东说："衡水是历来遭灾的。为什么叫衡水？衡水是洪水横流，患难于中国，这是禹王之事，书经有载。"他接着说："省、地、县要有个部署，不要搞急了，一批一批地解决，解决渠道也要一批一批地解决，打井也要一批一批地解决，盐碱化也要一批一批地解决。"

毛泽东一个水库一个水库地问了情况，他说："河北的水库是个大跃进，过去看过你们一个规划，再来时把你们的水库、打井、解决盐碱地、洼地的规划看一下。"

当大家汇报到十大水库在 1963 年洪水时发挥了巨大作用时，毛泽东说："我要从南到北把你们的大水库都看看，搞水库不要一冲就垮，要坚固。"

毛泽东在 1963 年 10 月、11 月和 1964 年 3 月三次听汇报时，都提出要修村围子。

当汇报到有些县在 1963 年 8 月发大水时由于有城墙，群众没有重大损失时，毛泽东说："城墙现在不是对付敌人，而是对付水，我看还得搞。大村庄，也要有个地方待嘛。要把城墙和护村堤埝看成是生产资料，没有它，耕牛、犁耙等生产工具都要被冲跑。现在是两个问题：一是城市如邯郸、石家庄、邢台要不要修城墙？一是大村修围子。"

当汇报到正定群众不让扒城墙时，毛泽东说："那时我们没有这个知识，不能再扒了，过去拆城是做蠢事。现在的城墙是对付水的，不是对付敌人。"

当汇报到防洪措施时，毛泽东说："减河、水库要修，还要修村城、镇城、县城，邯郸市那样的城。一个中等城市的人把自己的城修起来，比较不那么困难。修水库要从外面调人，修自己的城，一年四季都可以修一点，不那么困难。修城也要有计划，这种生产资料比牛、比土地都重要。"

当汇报到设想每户搞两三间砖的保险房，水来了上房时，毛泽东说："那就时间长了，盖砖房可以，作个5年计划。"

1963年大水后，河北省委积极总结了抗洪斗争经验、抗洪先进事迹、好人好事，尤其是广大人民群众，人民解放军海军、陆军、空军和各界人民，兄弟省市支持河北省抗洪斗争的事迹，在天津市搞了一个抗洪斗争展览。

1963年11月，毛泽东路过天津，当河北省委汇报工作快结束时，他们向毛泽东说，在天津市搞了个抗洪斗争展览。

毛泽东当即表示："以后要来看看。"他还说："展览会在天津，各县看不到呀！"

当省委领导提出为海河展览题词时，毛泽东答应得很快，说："可以，我马上就题词。"

但当时没有时间写了，这是11月12日。两天后省委书记林铁派在主席身边工作多年，当过主席卫士长，后来分配到天津市工作的李银桥，带着信到北京找毛泽东。

毛泽东问清李银桥的来意后，他说："今天是14号，你等两天，我写好了，再交给你。"

李银桥在北京饭店等候。17日毛泽东写好了"一定要根治海河"的题词，19 日由他身边卫士张景芳同志，将题词带到北京饭店交给了李银桥，同时还有毛泽东写给林铁的信。

1963 年大水过后，河北水利厅按省领导要求，写过不少汇报材料、图表、抗洪展览资料、水利建设规划等。但是大家印象最深的是那张标有河流、水利工程、灾情的治理规划图。

这张图是阎达开亲自到水利厅布置的，他要求图幅能放到桌子上。线条要清晰，要有水利工程、河流、水灾范围、规划工程等。

时间很紧，参加绘图的有设计院杨蔚生、孙东林等人。中间有两次送审退回，最后是阎达开在一个夜间到水利厅具体指导修改后交卷的。

另外还报送过一张由李光挥、肖侃、黄秉坤绘制的水灾情况图。当时大家不知道干什么用，但知道很重要，人们也很重视。

到 12 月 13 日抗洪斗争展览开幕，14 日《河北日报》发表毛泽东"一定要根治海河"题词及毛泽东审视海河图照片时，大家才高兴地知道了，当时准备那些图表是为向毛泽东汇报用的。

1963 年 11 月毛泽东路过天津时，听省委同志汇报工作，当汇报到救灾、治水问题时，毛泽东对着刘子厚、阎达开说："你们都是河北人，你们就是要把河北的灾救出来，要把水切实地治起来"。

毛泽东接着又说："你们10年能把水治好吗？"

毛主席问林铁、刘子厚、阎达开多大岁数后，说："我70岁了，看不见了，你们这一辈子把水治好吧。"

毛泽东对河北省水利的几次谈话，明确指出了河北省发展农业生产的根本问题，研究制定了治理海河的主要工程措施，代表全省人民心愿发出了"一定要根治海河"的伟大号召。

1963年11月17日毛泽东回信说："林铁同志，遵嘱写了几个字，不知是否可用？浪淘沙一词，待后再写。"

河北省人民遵照毛泽东的指示，和兄弟省市一道，从1965年开始，经过了15年连续施工，对海河河道骨干工程进行大规模的治理。初步形成了防洪、排涝体系，并加固了部分水库工程，取得了伟大胜利。

河北各县成立指挥部

1965 年 5 月，河北省根治海河指挥部成立。从此，每年冬春都动员邯郸、邢台、石家庄、保定、衡水、沧州、唐山等专区 30 万以上的民工，投入规模宏大的根治海河工程。

河北省全省各县都成立了根治海河指挥部。每个村都按照下达的人口任务，基本上按照 1% 的人口出工。

全河北省当时农村人口大约 4000 万，40 万海河大军个个都是健壮的小伙子。

当时，河北省委、省人民委员会制定了"上蓄、中疏、下排，以排为主"的治理方针。

早在 1964 年，河北省就开始进行了海河流域规划设计工作。

1965 年 3 月 24 日，中央书记处第三九五次会议决定：

> 请河北省和水电部就此共同做出治理规划，报中央批准纳入国家计划。

1965 年 5 月 25 日，河北省委向党中央、国务院提交了《河北省委关于在"三五"期间根治海河重点工程的报告》。提出了对于河北省"三五"期间的根治海河重点的工程的初步规划性的意见。

1965 年 6 月 26 日，中共中央、国务院同意河北省委关于"三五"期间根治海河重点工程的报告：

> 原则同意河北省委根治海河的意见，关于"三五"期间的具体安排，由国家计委和水利水电部统筹研究确定后报中央确定。

一场群众性的根治海河运动由此全面展开。

所有人都知道，海河是天津人民的母亲之河。但千百年来，曾让生活在她流域的人们悲喜交加，因为她既是天津人民生命之泉，又曾是祸患之源。

为保海河永远造福天津人民，毛泽东发出了"一定要根治海河"的指示后，天津市也成立了根治海河指挥部。

在西郊水高庄，有 30 多名社员一起来到这里。他们住在用苇席搭在黄土大洼边的一个大棚里，吃的是用明矾沉淀了的子牙河水。

他们的任务是在当城至水高庄的两地重新挖一段 3000 多米长、100 多米宽的新河，解除每年汛期因疏水不畅而造成的水患。治河工地上红旗猎猎，人声鼎沸，小拉车来来往往，好不热闹。

新河挖好了，要拆除两边的堵头。6 月中旬的一天，开始旧河截流。为截流备了千吨毛石和成垛的草袋，两条铁船索浮在截流上口。截流开始后，人们扛着百八十斤重的大石头、装有泥土的草袋，下饺子般地抛向水中，激起道道水柱，溅湿了每个人的衣服，人们顾不上这些，在摇摇晃晃的两条船上穿梭往返。

水流越来越急，投下水的石头已能听到撞击声，可投下的水草袋在水里打个滚，冲干净里边的泥土，又在下游浮起。

已经过了中午，截流还没成功，人们都已筋疲力尽，再好的饭菜也吃不下，只想休息。

"沉船！"市有关领导下了命令，人们又振作精神，把石头投进船舱，船慢慢地沉进了水里，人们又把装填进泥土的草袋堆码在船面上，一直奋战到太阳西下，终于搭成一座有两米多宽、几十米长的截流坝。

二、施工与建设

● 毛泽东说："人民群众有无限的创造力。他们可以组织起来，向一切可以发挥自己力量的地方和部门进军，向生产的深度和广度进军，替自己创造日益增多的福利事业。"

● 孙为民说："我们的工程关系千百万劳动人民的利益，我们必须彻底解放思想，放手发动群众。"

● 刘振河说："咱们要时刻以国家利益为重。我母亲找到了，挖完排污河就能见面，当前排水任务这么大，我决不能回去！"

首战黑龙港老漳河

1965 年 5 月，河北省根治海河指挥部成立，根治海河的第一场大会战，在黑龙港流域开始了。

1965 年 9 月，邯郸专区成立了根治海河指挥部。动员曲周、武安、鸡泽 15 个县市，出工 10 万人，担负起黑龙港流域老漳河及老沙河全长 153 公里的开挖和老漳河 45 公里长滞洪堤碾压任务。

黑龙港流域位于卫运河、滏阳河、子牙河之间，是历史上形成的封闭地区，位于河北省东南部平原，跨邯郸、邢台、衡水、沧州、天津 5 个专区 41 个县、市，流域面积中的耕地占河北省平原耕地面积的四分之一。

过去，黑龙港流域由于河道淤积，排水不畅，以致大雨大灾，小雨小灾，十年九涝。

由于长期沥涝，造成土地严重盐碱化，农作物产量很低，当地群众粮食不能自给。

解放后，这个地区的人民虽然进行了一些水利工程建设，但仍然没有彻底改变这个地区沥涝多灾的面貌。

1965 年，邯郸地区根治海河指挥部有两个，老漳河的指挥部在邢台隆尧县，老沙河的指挥部在邯郸的邱县。

李维鼎任邯郸地区根治海河指挥部的技术负责人。当时工地上都是军事化管理，一个县为一个大兵团，俗称"野战军",下面的各公社为连,以此类推还有排、班的编制。

当时10万民工是从各自家乡出发,一路排着队喊着号子分赴工地的。工地上施工工具十分简陋:小推车、箩筐、铁锹。工地上黑压压的全是人,打的是人海战。

有人问:"为什么选择在冬、春两季来施工治河?"

李维鼎说:"这主要是相对汛期来制定的,治河要选择汛后的9到12月份和汛前的3到5月份。"

寒冷的冬季,河滩上的冷风像刀子一样割得脸生疼,不少人手冻得裂了口子。

这还不算什么,最难过的是在晚上。那个时候大家都住的是一种半阴半阳的工棚,俗称"干打垒",也就是在附近的河岸边找一片相对干燥的地方,挖出半米深的一个大坑,挖出的土用夹板固定成墙,上面用竹竿、木棍撑起油毡、苇席做成顶,这就成了宿营地了。

棚子做好以后,大家直接在地上铺上一层干草,上面铺被褥就是铺了。地下的潮气泛上来,早晨起来被子潮得就差拧出水来了。

当时为了赶工期,根本就没有什么开工下工的时间概念。每天天一亮就上工,天黑下工,一天的工作时间都在10多个小时,劳动强度相当的大。

工地都是非常注意民工饮食卫生的,对来历不明及不卫生的炊事用具经过碱水煮洗,确实无毒,由营以上干部批准方可使用。饮水缸中普遍都养了鱼,鱼活着缸里的水才能放心喝。

那个时候条件差，民工有了病就在简易的帐篷里输液治疗。最常见的病是痢疾，不少人常腰腿疼痛，或患一些湿疹等皮肤病，不过他们常常是吃些药稍有好转就又急着上工地了。

1965 年秋收忙过后，武安市马庄乡武庄村民工报名参加了支援邢台黑龙港流域的大会战。

当时公社去了 150 人，大家自带铁锹、箩筐等劳动工具，两个人合用一辆排子车。

到武安城区的当晚大家就坐着拉煤的露天火车向邢台任县开进，夜里下了小雨，车上的人被冻得挤成了一团。

任县和巨鹿相距 75 公里，下了车大家一路步行，当时路过的村庄老乡们都主动煮了绿豆汤和小米汤来给民工们喝，这让大家心里很暖和。

大家到了工地，发现条件非常苦，经常吃高粱面窝头，但是大家还是坚守工地，即便是过年也没有回家。

1966 年邢台隆尧大地震，当时那一片担任挖河任务的也都是邯郸地区的民工，国家派专机给灾民们往下投放面包等食品，投放到工地上的面包没有一个民工捡起来自己吃的，而是上缴组织给灾民们吃，自己依旧吃高粱面窝头。

1965 年 11 月 18 日，馆陶县民工在 10 多天挖了 36 万多土方；曲周安寨第一尖子连和薛庄排每人日挖 12 至 14

立方土。

11月23日，在根治海河的永年县工段，一个身高粗腰膀宽的大汉，正用铁锹往车上装土，很快就装了冒尖一排子车，拉起车来飞快前进，人们称他是"运土王"张就喜。

另一名年轻力壮的小伙子，名叫杜凤军，别人送号"小飞人"，确实名不虚传，杜凤军装土快，拉车快，卸土快，创造了全团运土最高纪录。

从1965年冬到1966年春，河北省40多万民工经过一个冬春的英勇奋战，提前胜利完成了黑龙港排涝工程的9条主要骨干河道、35条支流河道和1200多座桥梁、涵洞等工程。

黑龙港地区广大群众响应毛泽东号召，发扬自力更生、艰苦奋斗的革命精神，加速黑龙港排涝配套工程的建设。

从1966年到1969年，广大群众经过3个冬春的奋战，使大部分农田排水工程和黑龙港骨干工程配了套。

当时，大家仅挖掘大的支流河道的土方就达8000多万立方米，还兴建了许多桥梁、涵洞和小闸。有的地区基本上做到河渠相通、沟渠相连。

毛泽东当时说：

> 人民群众有无限的创造力。他们可以组织起来，向一切可以发挥自己力量的地方和部门进军，向生产的深度和广度进军，替自己创造

日益增多的福利事业。

随着黑龙港排涝配套工程的日益完善，黑龙港地区的人民已开始治理盐碱化的土地。

他们用造台田、开条田等办法，使流域内的盐碱地由重碱变轻碱、轻碱变良田。

黑龙港主要工程之一老漳河的两旁，过去都是一片白茫茫的盐碱地，现在河流两旁一里之内的土地，农作物长得很好。

此外，正是当年的除涝治碱、打井挖渠才让黑龙港地区的地下水位下降，大大改善了沿岸土地盐碱程度。在老百姓口中流传着这样一个顺口溜：

治旱治涝治盐巴，千年枯树开了花。

毛泽东思想威力大，老碱窝变成富村庄。

战斗在子牙河工地

1965 年，一辆辆卡车，载着河北省第四建筑公司的工人，唱着战歌，沿着公路，朝子牙河口飞奔而来。

滔滔渤海，涌出一轮红日，映着满天彩云，照亮了金色的献县。

大家看到，子牙河水唱着歌，正奔腾着向北流去。

子牙河位于河北省的滏阳河和滹沱河在献县的合流处。子牙河是海河五大水系之一，献县以上的流域面积达 5 万多平方公里，流域内人口 1300 多万，有耕地 3500 多万亩。

太行山两侧的子牙河流域是一个夏秋暴雨很多的地区，一遇暴雨，上游滏阳、滹沱两河来洪很大，而子牙河泄洪能力很小，子牙河洪水一旦出槽，河北省天津以南地区就会变成一片汪洋，对天津市和津浦铁路的威胁极大。

子牙新河工程是从献县向东，在青县和沧州市之间穿过南运河和津浦铁路，给子牙河再开辟一条由北大港的祁口直接入海的、长 143 公里的新河道。

这时，传来一个激动人心的消息：子牙河新河献县枢纽工程动工了！

子牙新河的设计，是从献县到海口筑平行的两条堤，

施工与建设

由南北两堤形成一条开阔的行洪道。两堤之间一般宽2.5公里，入海一段宽3.6公里。这样宽阔的行洪道，即使再遇1963年一样大的洪水，也能顺利宣泄入海。

这条行洪道只备特大洪水时行洪，堤内滩地上的广大农田，仍可照常耕种。堤内主要公路的路面要加固，以免行洪后影响交通。

全部新河工程除这条行洪道以外，北堤内傍堤要开挖一条可通过300立方米每秒流量的较深的河槽，这是将来子牙新河平时的主要河槽，可以通航。南堤内傍堤也将开挖一条较小的排水河。

此外，在献县、新河穿过运河的地方和入海的地方，还将修建三处规模巨大的枢纽工程，和其他一些水闸和桥梁。整个工程规模是很大的。

一队队献县民工，举着红旗，扛着锹镐，推着胶轮车，向子牙河口挺进。

"呜——"灿烂的阳光下，波涛滚滚的子牙河上，一艘小火轮正喷着白烟，拖着一队装满砂、石、水泥的大木船，乘风破浪，向着子牙河口驶来。

河北省第四建筑公司的工长、枢纽工程工地党委委员刘勇站在船头上，他身穿工作服，头戴安全帽，迎着秋风，看着家乡这满河的流水和遍地的高粱。

枢纽工程工地上，红旗飘飘，标语满堤，3000多名民工正在清理施工现场，他们挥舞着钢锹，正开挖基槽，十几台推土机隆隆地削岗平坡。

小火轮鸣着汽笛，在临时搭成的码头上靠岸了，人们急忙放下手中的工具，跑来卸船。

刘勇挥动着安全帽，跳下小火轮和人们打着招呼，然后他三步两步跑上河坡，急忙去找工地党委书记兼总指挥孙为民。

孙为民正在和几个人洒灰线，他听见汽笛声抬起头来，就看到了长长的船队。孙为民急忙朝身边的丁师傅说："丁师傅，你看材料进场了，你在这儿照看着点，我去瞧瞧。"

说着，孙为民把手里的灰桶递给了民工二牛，就向临时码头赶来。

刘勇迎面碰到孙为民，他看到孙为民满身的灰点，就拍着他的肩头说："看样子，你老也够忙活的。"

孙为民笑着反问刘勇："怎么这么快就回来了？"

刘勇说："不是快，是咱的脑瓜落在形势后头了，平面布置图出来了没有？"

孙为民说："黄工程师正在公司搞着。图纸虽然还没出来，可是堆放材料的地址嘛，这个你放心。"

刘勇会意地笑了，他说："你啥事总是能想在前头，做在前头。我算服了你了。"

河北省第四建筑公司工程师办公室里，一张铺着大玻璃板的写字台上摆满了各式各样的图纸。黄希才正在一张一张地审阅着。

这时，电话铃响了，黄希才拿起话筒一听，是刘勇打来的，黄希才问道："老刘，你什么时候回来的?"

刘勇说："我刚下船，咱们的平面布置图有眉目了吗?"

"正在搞。"

"材料进场了。"

黄希才心里一惊，但他马上就镇静下来："刘师傅，你可真会开玩笑。"

刘勇说："我可不是开玩笑。"

黄希才用手中的红铅笔轻轻地敲打着写字台，他蛮有把握地说："这事我经得多啦，光砂、石就是12万吨，千里迢迢，哪一样不得车拉船载呀，少说也得20天以后才能进场。"

刘勇有些急了："老黄，旧皇历看不得了，咱得跑步前进啊！我这趟出去，不论是水旱码头，还是工厂矿山，大伙一听说为落实毛主席的治河指示，要搞枢纽工程，还没容咱张嘴，人家开口就说：'有任务，你们就发话吧！'说得咱心里热乎乎的。"

"另外，北京铁路局为咱开了专列，省航运局从8个地区给咱调了400多条大船。黄壁庄水库，为了保证安全航运，提闸给咱放水，增加河水流量。"

黄希才激动地说："哎呀！这真是史无前例呀!"

刘勇接着说："还有，邢台地区13个县的老乡，听说咱要从河里运料，他们带着干粮，大干3天3夜，疏通了从黄壁庄到滏阳河的渠道。眼下衡水地区的老乡正千车万辆地日夜从车站往码头倒运材料。"

黄希才不由赞叹："真是奇迹呀!"

刘勇说："获鹿的石料,唐山的水泥,还有大批的钢筋、木材,正陆续进场,现在就要用平面布置图。"

黄希才着急地说："那眼下怎么办?"

刘勇说："没有别的办法,下楼出院,到现场去设计。"

黄希才说："好的,好的,我今天一定连夜赶到工地。"

放下电话,黄希才赶紧下楼找汽车司机去了。

子牙河口,寒冬的夜晚,两岸灯光辉映着满坡的大标语,其中"誓夺'五一'导流,确保'七一'竣工"显得格外醒目。

公路大桥进洪闸正在紧张施工。节制闸的消力工程,正进入决战阶段。基坑里抽水机轰鸣,钢锹闪光,工人和民工们冒着西北风,并肩大战流沙。

大家决心要攻克消力池,乘胜进军,拿下节制闸底板,一鼓作气,把大闸建起来。

可是节气却不遂人愿,寒冬腊月,滴水成冰,要修建节制闸,就必须在露天作业,按照常规,底板打混凝土必须停止。

这时,工棚里日班的工人和民工们正在激烈讨论:节制闸底板工程要不要继续施工?

工地指挥部的小泥土屋里,党委扩大会议还在进行,讨论的议题同样是节制闸底板工程能不能继续施工？

主持会议的孙为民发言："问题已经很清楚，咱这工程，是根治海河的一项关键工程。明年汛前竣工，这不仅是上级对咱们的要求，也是河北4300万人民的愿望。"

孙为民轻轻推开面前的一堆计划表，两手搭在桌沿上，他接着说："节制闸又是咱们整个枢纽工程的关键，如果不尽快把底板抢出来，建闸不能进行，势必影响'五一'导流和'七一'竣工。同志们，咱们必须看到它的重要性。"

黄希才说："关于节制闸底板这个关键项目冬季施工的重大意义和看法，我和大家都是一致的。

"不过，根据我多年的体会，像节制闸底板这样技术复杂的工程，冬季施工不但困难很大，质量也没有把握。"

刘勇说："打这底板，技术性很强，这是事实，质量更绝对不能含糊。

"可是，如果拖到明年开春，冻土一化，势必容易造成塌方，在坑四周的排水沟会被淤死，造成返工。

"而且，这也牵扯到大批民工不能参加春耕生产，要是遇上'麦黄水'，工程就有被冲毁的危险。我觉得，只有想办法一口气把它拿下来，才符合多快好省的精神。"

丁师傅这时说："冬季施工，无非是个保温的问题。但事在人为嘛。"

孙为民说："对，我们的工程关系到千百万劳动人民的利益，我们必须彻底解放思想，放手发动群众。"

这时，一队工人民工闯了进来，他们把一张"决心书"送到孙为民面前。

有个年轻人高声念道：

> 枢纽工程工地全体治河战士，向党委表示决心：
>
> 胸怀革命志，海河起风云。
>
> 工农齐奋战，挥汗为人民。
>
> 有八千只巨手，凭四千颗红心。
>
> 攻克消力池，乘胜大进军。
>
> 拿下节制闸，誓作擒"龙"人。
>
> 天寒骨头硬，烈火炼真金。
>
> 五一导洪流，向党表决心！

大家很快设计出了保温棚，用水暖安装蒸汽锅炉的办法，保证了混凝土的浇灌。

节制闸消力池胜利竣工了。

1967 年 5 月 1 日，晴空万里，和风扑面，工地上红旗招展，锣鼓喧天，雄伟的节制闸和进洪闸披上了节日的盛装。

10 时整，随着几声轰鸣，子牙河口的土堰被炸开了。

汹涌的河水，通过节制闸，涌进新子牙河，卷着巨浪，奔向滔滔渤海。

子牙新河工程完成后，滹沱河北堤和新河北堤，形成西起石家庄东到新河海口长达 300 公里的一道防洪屏障。黑龙港流域的排涝能力也将进一步加强。

这不仅保障了天津、津浦铁路和广大地区的安全，还将为这个地区广大农田的稳产高产打下巩固的基础。

战斗在大清河工地

朔风呼啸，滴水成冰，清河县根治海河民工团一连连长侯晨明正带领全体战士战斗在大清河工地上，大家冒着严寒，破冻施工。

大家一鼓作气，突破了一尺多厚的冻土层，初战得胜。冻土层突破以后，一连又向地下水发起了进攻。

大家看到，初春的大清河工地上，日落遍地冰，日出满场泥。施工的时候，大家都觉得有劲使不上。

民工们编了这样一首顺口溜：

> 早晨硬邦邦，中午水汪汪。
>
> 下午更甭提，到处稀泥浆。
>
> 铁锹铲不住，筐筐拉拉汤。
>
> 湿泥难上堤，进度赶不上。
>
> ……

晚上，熄灯号响过之后，奋战一天的一连战士在铺上，谁也睡不着。

挨着窗户的小马翻了个身，身边的老王滚过来。窗上透进来的月光正好照在他们脸上。

小马见老王两眼睁得圆圆的，老王也看到小马两眼不停地转动，两个人几乎同时问："伙计！还没睡？"

接着两人同时回答："睡不着哇！"

张技术员听到他们说侯晨明下午收工后，连饭也没顾上吃，到伙房拿了两个窝头啃着就出去了，到现在还没休息，可能去团部反映情况了，他就拿起帽子，快步向侯晨明的工棚走去。

张技术员走着走着，迎面正碰上侯晨明回来，侯晨明老远就问："咋还没睡？"

张技术员说："老侯，你可把人等急了，大家讨论一天了，我们初步拟了个排水方案。"

侯晨明说："老张，刚才我到村里去请教老农，他们给我讲了当地的土质水情，还说了许多排水的法子，我心里也打了个谱，正想找你。"

两个人回到工棚里，一直讨论到零时。这时，门外进来两个人，他们谁也没有发觉。

原来是县团的军代表和邱团长来查铺。军代表说："料定你们就没睡觉。"说着，他顺手把一件棉衣披在侯晨明的背上，然后说："啊，今晚来了个'土洋结合'，大家一起开夜车。"

侯晨明说："眼下，水严重影响着施工，不少兄弟连队都在为它伤脑筋，这个碉堡不拿下来，谁还睡得着。"侯晨明光顾说话，忘记了拿在手里的碗，水洒在他腿上他还不知道。

邱团长忙提醒侯晨明："水！"

侯晨明接着说："是呀，咱得想个排水的法子，保证工地干场工作，要不，落实指示可就要受影响了。"

军代表望了一下邱团长，说："好！把你们的想法说说吧，咱们一块合计合计。"

侯晨明边说边在桌子上比画着："根据大家座谈讨论的意见，我和张技术员想用一条排水主沟和 4 条'丁'字沟，把作业场分成若干块，使地下水及时空出来。"

邱团长听着，高兴地把右拳在左掌上用力一击，他说："好！老侯，你们想得很对！"

这时，门外忽然传来一阵笑声，小马、老王一大群人都闯了进来。

清晨，挖沟排水的战斗打响了，工地上，人歌旗舞，热闹非凡。

军代表挥动着铁锨，邱团长也抡起了铁镐，侯晨明满头的大汗一个劲地往下滚。

大家看他们昨晚研究排水方案一夜没合眼，白天又继续和大家一块儿干活，大家也鼓足了干劲。

一条条排水沟，纵横交错地开始泄水了。

大堤在飞快地上长，红一连夺取提前竣工的决战正在激烈地进行。

早晨，天上阴云越聚越浓，东北风呜呜地狂叫着。风力在不断加大，已经达到了八级。

被拦在坝东的满槽河水，霎时白浪滔天，越过 3 米多高的拦水坝，直向一连工地泼过来，打得正在坝下紧张施工的战士们一头的水，一身的泥。

小马抬头一望，又一个浪头打过来，河水像飞腾的瀑布从坝顶上直泻到坝底，他说："嘿，老天给咱搭水晶棚啦！"

突然，挨着大坝清浮泥的一个民工高喊一声："不好，坝底漏水了！"他一边喊着一边掘土堵洞。

很快，小洞就变成了碗口粗，那民工见事不好，干脆一下坐在漏洞上。不想，水把他一下子拱出了一两米远，他站起来，又冲了上去。

正在远处削坡的侯晨明一听到喊漏水，转身向拦水坝跑来。侯晨明冲过瓢泼似的泥水，冲上坝顶，看清漏水的洞口，大声喊着："治水要治根，快拿土袋子来！"

大家一齐上前动手，掘土的掘土，扛土袋子的扛土袋子，顶着狂风，冲上坝顶。

侯晨明一边跑一边甩掉棉袄，他知道，拦水坝一崩，整个工地就要被淹没，一连和兄弟连队就要全部停工。他扛起一百多斤重的土袋子正要纵身跳水，小马赶紧喊起来："老侯！你有胃病，不能下水！"

大伙一齐冲过来："老侯，危险，我们下。"

可是，大家话音还没落，侯晨明已经跳进了水里，他在水中好不容易才摆脱了漩涡的吸力，用脚趟准了洞口，使尽浑身力气，把土袋子堵了上去。

这时，河里已经下满了人，大家劝侯晨明上岸休息，但侯晨明说："不要管我，快去扛土袋子。"

老王刚想扛着土袋子冲上去，侯晨明一把拦住他说："漩涡！危险！"说着，借水的浮力，上前夺过老王的土袋子，憋足了一口气，往水里一沉，又冲进了漩涡，潜入了河底。

过了好几分钟，大家见侯晨明还没上来，小马和几个民工冲进漩涡去抢救他。

岸上的人和水里的人都急得不得了，军代表和邱团长见此情况，赶紧组织人去抢救。

这时，大家忽然看到侯晨明和小马从百十米远的地方上了岸。人们飞快地跑过去，紧紧地握住他们俩的手。

原来，侯晨明冲过漩涡，刚要把土袋子往洞口堵去的时候，洞口扩展得更大了，因为水大流急，他一下被冲出洞外七八十米远。

侯晨明见大家都围着自己，心急地大喊："同志们，快去保住大坝！"说着，跑回坝前，又和大家一起投入了紧张的战斗。

经过两个多小时的奋战，在兄弟连队的大力支援下，终于战胜了狂风恶浪，洞口被堵住了。

堵住决口以后，大家又连续奋战了 7 天，大清河工程胜利竣工了。

开挖凤凰岭大隧洞

毛泽东发出"一定要根治海河"的号召后，邢台县全县人民浩浩荡荡开赴凤凰岭，决心凿通 5 公里长的输水隧洞，引来野河水，变水害为水利。

邢台县位于太行山东麓，县境西部有一条两道山川汇成的河流，当地老乡都叫这条河"野河"，它向南注入沙河。每当山洪暴发，河水挟带着石沙，给下游人民造成严重危害。

野河东面只隔一道凤凰岭，就是丘陵区，这里有全县一半以上的耕地，历年来干旱严重，水源奇缺。当地群众说："我们这里，水比油贵，汗比水贱。"

在全线 13 眼竖井中，十一号竖井最深，要挖 100 米，而且这里石层复杂，工程艰巨。

大家把比较松软的风化层剥去，就露出清一色的花岗片麻岩，这是最坚硬的一种石头，钢钎打下去只留下一道白印。往往一个炮眼就换 10 多根钢钎，大铁锤要抡一万多下。许多人手上都磨出了泡，虎口震出了血。好不容易打了 5 个炮眼，装上药一炸，却只炸出很小的一个洞。

大家用了 24 个小时，却才掘进了不到 10 厘米。

民工连长邢志海急了："才 10 公分。"

这时候，技术科秦科长来到十一号井，他拣起秃了尖的钢钎看了看，不由叹了口气："蚂蚁搬山，难啊！"

有个民工问："秦科长，咱这隧洞什么时候能凿通啊？"

秦科长抬头望了望凤凰岭，反问那个民工："你今年多大岁数？"

"我44岁。"

秦科长停顿了一下说："我计算了一下，就凭咱这条件，可能要36年！就是说，到那时你已经80岁了。"

邢志海听到这话，一下就火了，反问秦科长："你计算了花岗岩的硬度，是不是也计算了群众的创造力？"

秦科长一时不知道怎么回答，邢志海接着说："我们有共产党和毛主席的领导，天大的困难也能克服，凿一条5公里长的石洞有什么难的！"

秦科长扭头走了，邢志海招呼大家："来，同志们休息休息。"

大家放下手中的工具，摘下毛巾擦着汗，都围到井边坐在地上。

邢志海站在中间，指着眼前的高峰问大家："这是什么山？"

大家说："谁不知道，太行山呀。"

邢志海说："对！古代愚公移山的故事就发生在太行山和王屋山。那时，愚公和他的子孙人少力单，都没有被两座山吓住，今天我们眼前这点困难算什么？这隧洞虽然长，石头虽然硬，但我们挖一点就会少一点，只要我们拿出愚公移山的精神，就一定能把凤凰岭凿通！"

大家都被邢志海的话鼓动起来，一个个摩拳擦掌。邢志海抓住绳索，纵身跳进井里，握紧了开山锤打起来。

大家都跟在邢志海身后，打眼，出渣，越干越猛，而且还唱起了高亢的歌曲。

战斗不分昼夜地进行着，邢志海下了早班就跟午班，下了午班再跟晚班，饭也是让别人给他带到工地。困了就靠着石头打个盹，累了就放下铁锤扶钢钎。

大家眼瞅着邢志海的眼窝一天天塌陷下去，脸也消瘦了许多。

一天早上，邢志海一面和大家打着炮眼，一面商量着，他说："大伙想想看，如何解决井下岩石抗力这个矛盾？"

炮手张立新转着手中的钢钎说："我们修梯田的时候，如果遇到大石头，就把下边挖空，从上边一撬就能把大块的石头撬下来。"

有人接着说："那是把石头下面的抗力取消了。"

邢志海刚要说话，总支书来到井里，他对邢志海说："志海，你怎么还不下班？"

邢志海说："午班我刚休息过。"说着还强打着精神把眼瞪了瞪。

总支书说："你别撒谎了，我刚刚调查过了，你的铺盖卷已经3天3夜没打开过了。"

邢志海还想争辩，总支书下达了命令："快，上井休息去！"

邢志海不愿走，大家一齐上前，夺下他手中的铁锤，把他推到了井上。

但邢志海并没有回工棚休息，他走下山坡，坐在北坡根一个巨大的石崖上，不停地思考着：根据岩石的倾斜度，如果将炮眼布成梅花形，先把中间的崩空，不就减小了岩石的抗力吗？然后再集中四周的火力向中间围攻，效果肯定会大大提高。

想到这里，邢志海站起身来，又快步向竖井走去。

邢志海没想到总支书还没走，总支书看到邢志海又来了就责备道："嘿，你怎么又下来了？你这个人哪，真拿你没办法。"

大家又议论起来。经过不断实践，梅花炮取得了成功。

这时，邢台驻军、章村煤矿等单位都派人来支援工地建设，传授放炮技术。

竖井的进度由不到 10 厘米提高到 70 厘米，顽石关被攻克了。

1968 年秋，凤凰岭上的 13 眼竖井陆续挖成了。为开凿隧洞，指挥部党委决定成立"三结合"技术小组，把这 5 公里长、隔山隔岭的 13 眼竖井准确地打成一条直线。

邢志海任技术小组组长，秦科长任副组长。

这天，邢志海从几十里外的林场借来一个罗盘仪。

但是拿到井下一试，不行，凤凰岭下的岩石含有磁性，罗盘受到干扰，测不准方向。

邢志海和秦科长找到几个农民技术员，大家一起座谈，但商量了半天还是想不出好办法。

就在这时，上级决定拨给他们一套"照准仪"，秦科长一听，立刻高兴地说："太好了，我去取来。"

下午，仪器运来了，秦科长介绍说，这套仪器价值3万元，很贵重，并说："有了这仪器，咱就不发愁了。"

"三结合"小组来到十一号竖井，秦科长支起仪器，左照右照，大家在他的指挥下忙这忙那，过了一会儿，秦科长回头对邢志海说："好了，先按这个方向挖吧，挖出20米，再放洞线。"

邢志海心里不踏实，就说："秦科长，这个方向正吗？"

秦科长说："正不正要挖20米以后才能知道。"

大家根据秦科长测量的方向，在十一号竖井下经过20多天的昼夜突击，洞口挖出了20米。但是经过测量，洞口挖偏了1度。

大家一听挖偏了，都非常着急，这么坚硬的岩石，他们付出了多少劳动啊！

邢志海也很着急，但他主动检讨说："同志们，洞口挖偏了，这是我的责任，都怪我没有很好地和秦科长研究。"

已经是深夜24时了，邢志海躺在铺上，翻来覆去地睡不着，他想：十一号竖井在洞线测量上走了弯路，这是个教训。其他 12 眼井，无论如何也不能再这样搞了。

想到这里，邢志海一下子坐起来，他摊开一张白纸，拿起铅笔，画起图来。

躺在东边铺上的张立新和志勇其实也没有睡着，他们一见邢志海起来了，也悄悄地穿起衣服，走到石桌前。他们一块儿研究起来。

这时，又有七八个人围了过来，大家一起圈圈点点地画着图。

忽然，门开了，总支书轻手轻脚地走了进来，邢志海怕他批评大家不按时休息，就赶忙说："我们想用土办法尽快解决洞线测量问题，违犯了作息制度，请领导批评。"

总支书很受感动，他并没有批评大家，而是和大家一起讨论起来。

这几天，邢志海、秦科长带领"三结合"小组跑遍了全工地 13 眼竖井，向当地老乡求教，进行了几十次调查访问，终于创造出了"垂线定点，三点定向"的办法，成功地测量出了洞口的位置，并对洞线测量进行了重大改革。

他们把 1800 多个铁制坐标，全部用木橛代替，由洞底固定，移到洞顶固定。这样，不仅节约了一大笔开支，而且方便了施工。

后来，秦科长在大家的帮助下，又在木橛上吊了一条垂线，再把洞照明的灯光吊上去，这样，不用三角控制，就可以测出一条直线，这种方法既简便又精确，而且人人会测。

隧洞越挖越长，施工越来越困难了。

岩缝的泉水和炮烟不停地往人的眼睛、鼻子里钻。但是，大家仍然坚持日日夜夜不停施工。

邢志海听说八号井隧洞遇到了碎石层，连续出现塌方，严重地影响着施工，他立刻跑到指挥部请战。

总支书望着邢志海说："那可是项艰巨任务啊！"

邢志海坚定地表示说："共产党员就是要迎着上！"

总支书用手拍着邢志海的肩膀嘱咐说："希望你和群众一道，苦干加巧干，尽快战胜塌方。"

邢志海高兴地喊道："请领导放心，坚决完成任务！"然后一路小跑奔向八号井隧洞。

邢志海和八号井的人们仔细察看着隧洞塌方的情况：洞顶上悬着巨大的岩石，随时都有塌落的可能。要安全施工，就必须先用钢钎把它捅下来，再用木头托住洞顶。

小虎和小岭都争着站出来要当排险突击手。

邢志海把腰带扎了扎，戴上安全帽对他们说："你们俩当预备队员，我先上去。"说着，拿着钢钎就走进洞里去了。

邢志海有着丰富的隧洞施工经验，他手拿钢钎，灵活地在洞里躲来躲去，把一块块险石捅下来，在他身后，铺出一条安全的施工道路。

突然，邢志海刚把面前的险石排除，身后有一块险石受到牵连，一下落在他的脊背上，邢志海被砸倒在地。

　　邢志海挣扎着站起来，他感到浑身疼痛。但是，他想到不排除险石大家就不能进洞施工，就仍然坚持到把最后一根木头支好。邢志海向井上打了个信号，大家陆续进了洞，这时邢志海才出洞上井。

　　但是，邢志海刚一出井就栽倒了，额头上冒出豆大的汗珠。大家赶快把他抬回了工棚。医生给他打过针，让他安心休息。

　　邢志海只在床上躺了一会儿，他担心着工地上的施工，只过了一会儿他就又出现在八号井隧洞工地上。

　　小虎转着手中的钢钎，对邢志海说："志海，我看你永远不知道疲累。"

　　有人唱起了劳动号子：

　　　　铁锤是钢枪哟！
　　　　工地摆战场哟！
　　　　凿通凤凰岭哟！
　　　　遍地稻花香哟！

　　突然，邢志海听到"咔吧"一声，他抬头一看，只见洞顶上一块巨石即将塌落下来，而岩石下面有 8 个人正在打炮眼，眼见一场严重的伤亡事故就要发生了。

　　在这千钧一发之际，邢志海大喊一声："快躲开！"

施工与建设

而他却闪电似的向那即将塌落的巨石冲过去。

民工们听见呼喊，一齐拥到邢志海的身边，大家都想把生的希望让给别人，自己去承担死的危险。

邢志海急出了一身冷汗，他伸出两只胳膊，用劲一推，把大家推到前方的安全地带，而他却冒着危险，使尽全身的力气，双手托住了正在塌落的巨石。

巨石开始塌落，邢志海看到大家都已经脱离了险境，这才松开双手，向旁边一闪身，巨石擦着他的臂膀砸了下来。

1970 年 5 月 1 日，凤凰岭输水隧洞凿通了，13 眼竖井的 26 个洞口，准确地连成了一条直线。

战胜渤海湾大海啸

文安县团开了根治海河誓师大会，全体指战员都鼓足了干劲，准备大干一场。

但是，深夜里，风越刮越大，雨越下越猛，县团指挥部军代表石方和几个领导都帮助排水组加固了机房的棚顶，石方对排水员们说："咱们和霸县担负着全地区的排水任务，要保证整个工地干场作业，你们排水组的担子可不轻啊。"

排水点儿里，龚喜章和几个人正在紧张地工作着。龚喜章检查着那两台备用的电机，思考着加快排水速度的办法。他对小张和小郭说："老天跟咱干上了，咱们也要跟它干，只要电机不停，有多少水也不够咱抽的。"

龚喜章说："今天不换班了，咱们一块顶着干！"

老许看了看龚喜章单薄的身子，关心地说："你两晚上没睡觉了，快去歇会儿吧。"

龚喜章说："不了，回去也睡不着。"

突然，一道闪电划破了夜空，远方传来一声声闷雷，一股疾风把排水点的棚子顶掀了半边。

龚喜章马上奔出门外，两手狠狠抓住了那片翻上翻下的席子。就在这时，他突然听到渤海滩上传来一声万马奔腾般的巨响。

小郭吃惊地问："怎么回事?"

小张说："可能是涨潮了。"

龚喜章疑惑地说："不对呀,初一十五涨大潮,今天才八月十四呀?"

大家借着闪电看去,只见 15 公里海滩已经变成了汪洋,白茫茫的海水卷着恶浪,铺天盖地而来,很快就把 3 米多高的海档外坡泡了起来。

龚喜章镇静地判断着:"瞧这架势,可能是海啸。马上去团部报告情况。"

老许没等别人说话,立刻说:"我去!"然后就奔出去。

老许走了不到 10 分钟,海水就顺着排水点出水口的斜坡蹿上了海档。

小张大喊道:"机座下边过水了!"话音未落,有股急流把海档冲塌了半边,电机水泵被激流卷下了旧河道,掉在机槽里。海水灌进了即将开工的海河工地。

龚喜章看到电机水泵都掉进水里就着急了,他刚要命令拆工棚堵海档,却见小张一个箭步下了水,还没站稳就又大叫一声跳了上来。

"怎么了?"

"水里有电。"

龚喜章大吃一惊,他抬头一看,只见决口北边的变压器正喷着火,上面那块"高压危险"的小木牌在弧光下闪现着。龚喜章猛想:得马上切断电源,不然大家上来就会出现危险。

情况万分紧急，龚喜章拿起拉闸杆说："你们在这顶着，我去拉下电闸。"

小张抢着说："我跟你去。"

大家都说："我也去。"

龚喜章拉着小张，两个人飞跑而去。

到了跟前，龚喜章举起拉闸杆一捅，够不着，急得他把拉闸杆往地上一扔，两手抱着电线杆就往上爬。但电线杆滑得很，怎么也爬不上去。

龚喜章拉了小张一把说："来，给我搭个人梯！"

小张争着说："我上吧，我身子轻。"

龚喜章不容分说，敏捷地登上了小张的肩膀，七八级的北风，吹得他俩将身子紧紧地靠在电线杆上。

龚喜章举起拉闸杆，还差了一点儿。他望着变压器喷出的火球，想起就要冲上海档的战友们，恨不得让身子猛长上一节。

决口旁边的 3 个人都时刻注视着他们，借着闪电，看到他俩搭成人梯往上爬的时候，大家都屏住了呼吸。

这时候，龚喜章正踮着脚尖向上够着，小张已经清楚地知道了上面的情况，他大声说："快，蹬在我的头上。"说着，双手托着龚喜章的两只脚就往上头上举。

蹬在小张的头上，龚喜章用左臂把住电线杆，用力向上提着身子，他想，在拉闸的时候，双脚一定要离开小张的头，这样，万一自己触电牺牲了，也能保住小张，完成断电任务。

然而，小张也察觉到了龚喜章的心思，他怕龚喜章失足摔下去，所以龚喜章越是向上纵，小张就越是挺着劲，两只手紧紧地抓住龚喜章的脚腕。

"嚓!"一道刺眼的弧光闪过，电闸终于被拉掉了。

接着展开了堵口战斗，抢险队员们都来了，大家把装满泥土的草袋子塞下去，但就像鹅毛一样被冲得无影无踪。

石方来到工地上，他先安排龚喜章和小张去闸所通知关闭闸门。然后，他把棉袄一甩，大声喊道："同志们，考验我们的时候到了。"就猛地跳进了水中，几十个小伙子也跟着跳了下去。

石方大声叫着："抱紧，拉住，往北拉。"

一道人墙拉过去，第二道人墙跟上来，这时候，龚喜章和小张已经和闸所的人们闭上了那座22孔的大闸，等他们再跑回海档的时候，决口已经拉起了4道人墙，小张大喊一声："大闸关上了，大家放心吧。"接着，他们俩也站到了第一道人墙里。

石方紧急下令："赶紧屯土下料!"

岸上的治河战士将装满泥土的草袋子雨点一样投进了决口。但是，草袋子又从人墙的缝隙中涌出去了。

五连长李玉波喊道："别平着放，立着摆，码成鱼鳞状，一个压一个。"

100来公斤的草袋子，在李玉波的手里挥动自如，他摆上一个踩一脚，然后把上角递给人墙后边的战士们拉着，草袋再也冲不走了。

战士们带来的草袋子用光了，他们又拆了排水点旁边的值班铺，值班铺的苇席、草袋、草帘用完了，还是不够用。

正在这时，地区指挥部的人踏着 10 多公里的泥泞赶到了，兄弟县的增援部队也冲上来了，他们带来大批草袋子等材料，投入了抢险战斗。

天快亮的时候，风停了，雨住了，奔腾的海啸终于退去了。

又经过 7 天的战斗，风雨海啸造成的障碍被扫平了，一排排的工棚重新搭建起来。

施工与建设

战斗在蓟运河工地

在蓟运河工地，天津市 3 万多民工正在这里紧张地进行着根治海河前 10 年规划的最后一仗。

百里长堤上，矗立着"一定要根治海河"金光闪闪的题词。

大家看到，铁锹飞舞，车如穿梭，人山人海，气势磅礴，人们不由得赞叹：好一幅雄伟的愚公治河图。

在宁河县板桥民工连工段上，民工连长王永然正在指挥着。王永然 15 岁那年，家里闹大水，地里庄稼冲个精光，妈妈被迫带着 3 个弟弟"闯关东"，他和哥哥去给地主扛"半活"，不给工钱还得顶大人干活。

有一回给地主扛粮，累得吐血，地主一脚把他踢出门外。

王永然每次回忆到这里，都无比激动地告诉大家："毛主席号召'一定要根治海河'，真说出了贫下中农的心愿，俺不干谁干？俺豁出命也要跟大伙儿把海河摆布好！"

根治海河动工以来，王永然年年带头出工，转战海河南北，作出了不少贡献。

在修建永定新河船闸时，一袋水泥掉进冰窟窿里，王永然毅然破冰潜水捞出水泥。

在修建一座扬水站的工地上，附近挡水坝崩塌了，大水从决口里冲出来，王永然纵身跳进冰凌河中用自己的身体去挡决口。

在这期蓟运河复堤工程中，王永然又提前到现场勘察。工地就在一片芦苇荡里，刚割过的苇根就像倒插的尖刀排满地。他一走进苇塘，左脚踩到一个苇茬上，从脚心扎进半寸深，疼得他全身直冒汗。

王永然咬着牙在苇塘里往返5次，终于摸清了底细，与群众共同制出了一个合乎实际的施工方案，大大加快了工程进度。

王永然坚决表示："前10年干完了，还有后10年，不把海河治服帖，俺们就决不下战场！"

在静海县民工团地段，大家到处传颂着"铁姑娘排"的故事。

"铁姑娘排"由王口公社13个大队51位妇女组成。从建排那天起，"铁姑娘排"就显示了她们那"铁"的意志，"铁"的决心。

当时，张玉荣等10多名已订婚的姑娘，为了参加治河，说服婆婆和未婚夫推迟了婚期，16岁的宋桂兰，多报了两岁坚决要求上工地。

有人向她们吹冷风："自古以来，从没听说过妇女出河工。"她们响亮回答："时代不同了，男女都一样，男同志能挖河，我们也照样能干！"

铁姑娘英姿飒爽上前线，头一遭就是小车关。

一辆独轮车，男同志推起来显得挺顺手，可到姑娘们手里，就不听使唤，不是翻车就是扣斗。

铁姑娘没有被困难所吓倒："车倒没关系，俺们治河的决心不会倒！"

年岁最小的宋桂兰，推车时摔倒了，她爬起来继续推；手磨破了，咬着牙坚持干。她很快掌握了推车技术，而且成了工地上出名的"大车王"。

"铁姑娘排"不仅意志坚强，而且心细手巧。她们工程质量高，期期受表扬。

有一次，从芦苇塘里起土筑堤，她们从一方土中拣出 23 公斤苇根，实现了"不让一个苇根上堤"的豪言壮语。

还有一次，排长张志荣发现削好的堤上有一块缸口大的地方含有沙土，就和刘增秀等几个姐妹把这块土全挖出来，挑来水浸湿，换上红黏土一层一层地夯实。

张志荣说："我们为落实毛主席指示筑金堤，必须坚持质量第一！"

海河流域的人民，就是凭着这样的精神，10 年中修筑了 4300 多公里防洪大堤，开疏了 3700 多公里骨干河道，动土达 17 亿立方米。

有人说：如果把这些土一方方地接成长堤，可绕地球 40 多圈。

开挖永定新河的工程

1970 年，在永定新河入海口，天津市塘沽区北塘公社的民工们正在紧张施工。

北塘人民在开挖永定新河工程中，与河北省治河大军并肩作战，表现了崇高的共产主义风格，谱写了一曲又一曲团结治水的凯歌。

1970 年秋，开挖永定新河的大会战就要打响了。

永定新河的入海口需要经过北塘公社。为了给新河让路，北塘公社不仅要报废两个仅有的渔港，而且需要全部搬迁后庄村 40 户渔民。

大家原来怀疑："故土难离，家园难舍，拆房搬家的工作好做吗？"

后庄的渔工、渔民一经讲明搬迁的重大意义，纷纷向公社党委表示：上游、下游，都是阶级兄弟；种田、打鱼，都是建设社会主义。拆迁一个村，为的是保护上游广大农村不受水害；损失两个渔港，可以换得万顷良田夺高产。

他们说拆就拆，说搬就搬。在国家和集体的关怀下，不到 3 天时间，全村就完成了拆迁任务，为永定新河按时动工铺平了道路。

老渔工毕玉荣一家住在一座崭新的房舍内，毕玉荣祖祖辈辈住在后庄，一听动员马上搬迁到北塘。

当时大队规定，拆迁户在盖好新房前可以不出工，队里照发工资。

毕玉荣正担任治河物资的摆渡任务。他想：盖房，是自己家里的小事；摆渡，是根治海河的大事。决不能因小失大。

毕玉荣让爱人带着两个孩子拉土脱坯，筹备盖房，自己早出晚归，坚持出工。大队几次派人来帮忙都被谢绝了，最后只好强迫毕玉荣留在家里，并派人帮他盖好了两间敞亮的新房。

1970 年 10 月 12 日上午，一次多年未遇的大海啸发生了。7 级以上的狂风卷起渤海巨浪，奔腾呼啸，漫过公路，冲破堤埝，向海河工地袭来。

河北省秦皇岛市根治海河先遣团的 300 名民工，还有 20 车皮建场物资、几十万斤粮食以及刚建起来的 30 座工棚全部浸在海潮之中。

海河民工高喊着钢铁般的誓言："人在物在，国家财产一件也不能丢！"他们奋不顾身地向建场物资和粮食游去，捞的捞，打的扛，想办法把建场物资垛起来，把粮食架在用小车搭的粮"船"上。

蔡各庄民工连把粮食运到工棚上边，压得一个立柱倾斜了，民工陈友清立即冲上去，用肩膀顶起来。一根铁钉从他脚心里扎进去，鲜血从水下冒上来，但他仍巍然挺立。

正当治河民工与惊涛骇浪激烈搏斗的紧急时刻，在附近抛锚避风的滦南县 3 条大木船见势赶来了；北塘公社党委书记白世宗率领 3 条驳船闻讯赶来了；渔村、沿海等渔业大队开着准备送货的机帆船赶来了；红星大队出海归来正在吃饭的渔民放下饭碗驾着渔船赶来了；内河大队男同志都出了海，副主任杨兆萍、会计张佩兰率领妇女也驾船赶来了。

一船船物资运到了较高的地段，但海潮还没有退，民工们为了守卫国家财产，谁也不肯上船转移。

最后领导命令有病的先上船，这才载满了第一船民工。渔工渔民们深受感动，纷纷脱下身上的棉衣给民工穿上，拿出被子给民工盖上。

一位民工看到一位小渔工也冻得脸色发青，又急忙把棉衣给小渔工披上。

经过 6 个多小时的团结战斗，保住了全部粮食、物资和搭棚器材，300 名治河民工安全转移到北塘镇。

1971 年元旦刚过，一辆草绿色的吉普车驶出沧州市，朝东北方向直奔永定新河工地驶来。

车开到金钟河畔停下了，从车上走下来两个人，大家看到，前面一个是黄骅县根治海河民工团党委书记雷世进。

早在去年永定新河每期工程完工后，雷世进主持作总结的时候，就有了破冻施工的打算。前天，地区根治海河指挥部在沧州召开永定新河第二期工程的准备工作会议，雷世进在会上谈了自己的想法，立即得到地区领导的重视与支持。

今天，会议刚开完，雷世进为了搞到第一手材料，就马不停蹄地赶到工地来了。

雷世进身边的，是县团党委委员、六连指导员老孙。

1971 年农历正月初六，黄骅县根治海河民工团冒雪行军 150 公里，开进了永定新河工地，他们的任务在下游海口处，有 500 米河段，需要在海堤外的滩地上开挖。

春节前，雷世进经过现场调查，发现含盐量大的沙碱土不上冻，海边的凌坝又受潮水的侵袭，于是他就率领民工团顶着寒风进了场。

工地上，一面面红旗在呼啦啦地飞舞，巨大的标语牌上写着"一定要根治海河"。

冻层上，银光闪闪，车轮滚滚，镐飞锤舞，战歌嘹亮，治河的战士们向冰河展开了激战。

雷世进来到六连工地，他看到一个小战士装着满满一车冻块，正东扭西歪地向前推着，刚走出几步，车子就倒了。

雷世进赶紧跑过去，帮小战士把车扶起来，接着，他又推起装满冻块的小车给小战士作示范，然后他指着那些推着小车健步如飞的民工对小战士说："一回生，两回熟，他们也是从摔跟头中练出来的。"

这时，从天津运来的铁镐到了，雷世进说："天津市的工人这么支援我们，我们一定要加把劲，保证汛前竣工。卸车去！"

车卸完了，人们举着铁锤铁镩，开始了新的战斗。

六连三班班长华鸿业把手中的一把 38 公斤重的铁锤，抢得上下翻飞，"嘭！嘭！"那碗口粗的大铁镩，火星四射。他浑身冒着热气，小褂湿淋淋地紧贴在身上。

战士小谭见冻块不够推了，就放下小车，跑过来帮着扶镩。他紧紧地攥着镩把，锤响一声，眼皮子就跳一下。

华鸿业鼓励小谭说："小谭，别怕，要把破冻当成与敌人战斗一样。"

小谭一听，一下子站起来说："班长，让我也来打它几下。"

华鸿业把锤把往小谭手里一推，自己把住铁镩说："照准敌人的脑壳，开炮！"

小谭一锤下去，"嘭！"铁镩一蹦老高，他接着又是一锤，镩下冻块就裂开了。

晚饭后，六连三班的土窝棚里传出阵阵笑声，小谭正在给大家念他写的诗：

> 永定新河畔，进军号声远。
>
> 锤击寒星落，镩敲冰河颤。
>
> 汗水浇化千层冻，治河战士笑开颜。
>
> 双手挖出幸福河，造福万代心里甜。

晚上，指导员老孙从团部开会回来，看见小谭和华鸿业两人紧张地刨木杠、搓麻绳，就知道他们已经有了新点子。他有心劝他们去睡觉，可当老孙看到小谭那焦急的样子，就一言不发，上前接过小谭手里的滚刨，帮他们刨起来。

天刚亮，雷世进来到工地上，一阵高昂的黄骅号子声从六连工段传过来：

治河战士斗志坚，哟哟嗨！

破冻施工不怕难，哟哟嗨！

千年水患要根除，哟哟嗨！

海河两岸换新天，哟哟嗨！

雷世进紧走了几步来到近前，他看见六连战士们5个人一组，抬着用木杠绑成的大石夯，随着号子一起一落，重重地砸着铁锸。桌子面大的冻块，一下就打裂了。

雷世进高兴地说："也算我一个。"他走过去干了一阵子，然后对华鸿业说："这个法子好，可以推广。"

破冻正在进行的时候，天突然下起大雪来，一连下了两天一夜。厚厚的积雪被风一吹，形成一个个雪丘，把工地捂得严严实实。

这时，地上又腾起地气，翻起浆，把雪水和泥混在一起，工地变成了烂泥塘。小车一走，车轮直往下陷，施工又增加了新的困难。

这天午饭后，雷世进扛起一把铁锨，顺着公路往六连走来。土窝棚前，一些人正在给小车加修闸板，还有一些人正说说笑笑地借条儿帘子，而这两群人中间有几个人在编红荆箔，捆苇把。

华鸿业说："我们琢磨着垫道板缺，想用干土代替，可还没试验。"

雷世进把铁锨往地上一戳说："方向对头就朝前闯嘛。凡是对革命有利的事，团党委坚决支持！"

工地上车如潮涌，金钟河满河的淤泥，黑乎乎的一片，一条条浅灰色的垫道板，远远望去，像鱼骨浮在泥面上。一辆辆小车，顺着垫道板翻过小土岗，爬过金钟河的北堤，穿过100多米弹簧似的河滩地，只见车头一低，闸板一拉，稀泥就冲出了老远。

而六连的装车处，像一个狭窄的小码头。这时，华鸿业正担着一担干土面走过来。他撂下担子，把干土面往垫道板上一撒。

孙指导员拍手说："好，这个办法好。"

有人问："那样，推两车板子不又湿了吗？"

小谭笑了，说："湿了刮下来，再撒上新土，不就又干了吗。"

华鸿业喊着："哎，咱别光干哑巴活啊，小谭，起个头。"

霎时，歌声伴着铁锨声飞扬起来：

车斗装着两座山，太行王屋一齐搬。

车轮永走革命路，小车不倒永向前。

黄骅县民工团经过一场艰苦奋战，终于取得"河中挖河"的胜利，提前两个月，永定新河挖河工程胜利竣工。

开挖黄堡洼排污河

初春，北京东南 100 公里，紧靠天津的黄堡洼，方圆 20 公里的大淀面上还结着厚厚的冰。

忽然，从洼淀里传来"咔咔"凿冰的声音，然后，走过来一高一矮两个人，高个的是保定地区根治海河指挥部排水队队长刘振河，矮个的是施工员尹意良。

刘振河肩上扛着冰镩，手里拿着测量用的花杆。尹意良胳膊夹着一个书夹子。他们两个低头注视着冰面，好像在寻找什么。

走了一段，刘振河用冰镩凿一个窟窿，拿花杆插下去一量，说："水深一尺，冰厚一尺半。"尹意良就把这些记在本子上。再往前走一段，刘振河又凿一个冰洞，然后量量说："再记上，冰厚二尺半，没有水。"

保定指挥部接受了横穿黄堡洼、开挖北京排污河道的任务。刘振河带着他的排水队提前来到黄堡洼，在冰原上搭起窝棚就干起来。

大家认为，在淀中挖河、水里筑堤，水是施工中的最大障碍，水排不干，河就没法挖。而黄堡洼芦苇丛生，这里是鱼虾、野鸭和水鸟的世界。每年从上游流下来大量污水，注入黄堡洼，严重地污染着天津市的用水。

刘振河和尹意良在回工棚的路上，两个人一边走一边讨论着一个问题。

尹意良说："老刘，根据测量，黄堡洼南侧这片冰水不下200多万方，冰的平均厚度在二尺以上，水浅的地方已经冻实了。看来凿冰排水的想法不够现实。"

说着，尹意良又指了指淀中的一道小堤说："你看，这道堤把多半个淀的水给挡住了，就这片水，咱们等几天，冰一化，打开电门，几十台抽水机一动，20天准能排完，绝误不了大部队进场开工。"

刘振河听完，想了一下说："老尹哪，我的老家就是这个地方，虽说是'七九河开，八九雁来'，这个地方要到3月中旬冰才能化完，可3月中旬大部队早就进场了，所以指挥部要求我们提前排净地上水。如果我们能提前把水排净，再晒上几天，让大家干场作业，不就更好吗？"

尹意良说："提前？我看按时完成任务就不错了，眼下黄堡洼冻得硬邦邦的，怎么排水？"

刘振河说："事在人为，眼下抽水机用不上，咱们动手搬冰。"

这天，刘振河正在工棚里看施工计划，忽然排水战士李满囤和王德生拿着一叠决心书跑了进来，他们说："队长，快下命令吧，我们都等急了，给你。"

刘振河拿过来一看，上面写着：

踏雪海，搬冰山，不怕地冻和天寒，

黄堡洼上摆战场，40天任务20天完。

刘振河高兴地说："好，咱们这就开工。"

李满囤高兴地大声说："队长同意我们的意见了！"接着门外边响起一阵欢呼声和口号声。

刘振河说："好哇，你还布置了埋伏哪！"说着走出工棚，来到大家跟前。

李满囤拉住刘振河的手说："队长，你不是要找老乡吗？我给你请来了。"

刘振河一看，果然有一位60多岁的老大爷站在面前，他赶忙把老人请进工棚，高兴地说："老大爷，我们想请您帮着解决一下冰上劳动打滑的问题。"

这时，李满囤抱来一大捆用粗麻绳编的鞋套，对刘振河说："队长，你看，这都是李大爷他们给咱编的；老乡们冬天在洼里捕鱼就用这个！"

李大爷说："跟冰打交道，没有这个可不行啊，乡亲们一商量，就把这个土办法拿出来了。"

刘振河拿过一双鞋套，感动地说："大爷，谢谢你们的支援，我们一定要多快好省地完成治河任务。"

这时，刘振河突然看到了李大爷额头上的伤疤，又听说李大爷是黄堡洼里佟王庄人，他就说："大叔，您不认识我啦，我就是刘勇家的小河子呀！"

李大爷一听是小河子，赶忙擦了擦眼睛，上下打量着刘振河说："啊，你就是刘勇家的小二子！30多年了，

施工与建设

那年给柳小五挖河，你爹生叫这伙人给折磨死了，我看着不服，要和他们讲理，叫伪军给砍了一刀。你妈呢？"

刘振河说："我和母亲失散了，跑到山里参加了八路军，解放后，我一直在找我妈妈，但还没有音信。"

李大爷悲痛地说："唉，也许早已经不在人世了，如果老嫂子活着，知道要根治海河了，咱黄堡洼也要彻底翻身了，她该有多高兴啊。"

大家听着他们的对话，都恨不得马上把黄堡洼的冰、水排净，早日挖通排污河。

刘振河说："大叔，眼下我们凿冰排水发生了困难，你说要是搬冰怎么样？"

李大爷想了一会儿，说："行，我看行！"

晚上，刘振河到指挥部汇报搬冰排水的方案，李满囤、王德生带领大家连夜赶修凿冰工具。他们有的磨冰镩，有的制冰钩。

李大爷带着乡亲们送来了冰镩、冰床，还亲手教战士们镩冰的方法。

第二天天刚发亮，排水队40多名战士就在黄堡洼上摆开了战场。

刘振河抄起一把冰镩，李满囤抡起12磅大锤，照着冰镩砸了下去，镩下冰碴四溅。刘振河一会儿扶镩，一会儿搬冰，他把一块一米见方的冰块，一使劲就扔上了冰床，战士们拉起冰床，在冰上走着，一溜小跑。虽然天寒地冻，但大家干得满头大汗。

大家干得正起劲的时候，突然下起大雪来，人们走在雪上，雪都没过了脚脖子，这给搬冰排水增加了新的困难。

雪停以后，太阳出来了，干活又非常费力，扒钩抓不住冰块，冰床拉起来很吃力。大家个个累得满头大汗，搬冰进度慢了下来。

尹意良对刘振河说："队长，这样干不行呀，我看还是……"

没等尹意良说完，刘振河就说："怎么，我们今天不是干得很好吗？这点困难还能挡住我们。"说完，他劝大家去休息，但大家谁也不肯离开工地，直到把镩下来的冰块都运走才收工。

晚上，大家在一起议论着："开始咱们发冰的愁，现在冰上有了雪又发雪的愁。"

劳累了一天的队员们都渐渐地睡着了，但刘振河却怎么也睡不着了。他听着外面北风呼啸着，吹得工棚顶上的苇度咕嗒直响，他好像受到了什么启发。

刘振河一翻身爬了起来，他穿上棉衣就朝工地走去。

雪面映着月光，寒风刺得人脸上生疼，黄堡洼上的积雪已经冻得坚硬了。

刘振河用脚踩了踩，雪响得梆梆的，他这时立刻产生了一个夜战的想法。刘振河镩下一个大冰块，然后用扒钩一搭就拉了上来，他脸上浮起了一丝笑容。

这时，刘振河突然听到身后有人说话："队长，看来咱们又想到一块儿了。"他回头一看，又是李满囤、王德生站在他面前。原来他们也在打夜战搬冰的主意。

几个人正说着，指挥部的通讯员忽然跑了过来，老远就喊道："刘队长，你叫我好找哇，快，你的加急电报！"

刘振河接过电报，通讯员赶紧打开手电给他照着看，只见上面写着："找到妈妈了，速归，爱英。"这是刘振河的爱人打来的电报。

刘振河看着上边这几个字，他不由得眼含着热泪，两手颤抖起来。接着，他对大家讲了他当年才 8 岁的时候怎么和妈妈四处要饭，后来怎么给人群冲散……

大家听着，眼里都溢出了热泪。闻讯赶来的李大爷对刘振河说："河子，这真是托毛主席他老人家的福哇！"

通讯员说："刘队长，指挥部给你假了，回去看看大娘吧。"

刘振河大手往空中一挥说："感谢党和政府的关怀，感谢同志们的关心，我不走！"

大家都说："队长，还是回去看看大娘吧！"

刘振河放低了声音说："同志们，咱们要时刻以国家利益为重。我母亲找到了，挖完排污河就能见面，当前排冰任务这么大，我决不能回去！"

刘振河接着走近李大爷说："大叔，我们搬冰遇到新的困难了。"

李大爷好像早就知道了，他肯定地说："节气不饶人，眼下你们只有黑夜搬冰，白天歇着。"

刘振河听了高兴地说："好，我也正是这么想的。"

夜战开始了。人们"嘿哟、嘿哟"的打镐、运冰，恨不得一下子把冰都拉走。

忽然，黄堡洼里喊声一片，灯笼、火把照得洼淀上空通明，如同白天一样。

大家一看，原来是李大爷带着黄堡洼的老乡们来参战了。队伍里有小伙子和姑娘，也有五六十岁的老大爷，他们一到工地就干起来，人来人往，忙忙碌碌。

大家正干得起劲的时候，指挥部的通讯员像一阵风似的跑来了，他拉住刘振河就往岸上拽，边拉边说："刘队长，大喜事！"

刘振河一愣："什么喜事？"

通讯员用手一指岸上说："看，大娘来了！"

刘振河一看，堤岸上正走来了他白发苍苍的母亲。老人已经70多岁了，但看上去身体还很结实。

刘振河急忙跑上前去，他搀扶着母亲，激动得嘴唇哆嗦了半天，才喊出一声："妈！"

老人用衣角擦了擦模糊的双眼，上下打量着刘振河：失散30多年的儿子如今已经长得粗壮高大了。

闻讯聚拢过来的几十名排水队员和100多名社员都情不自禁地欢呼起来。

这时，一轮红日慢慢从东方升起来，老人转眼看见了李大爷，她上前一把抓住他的手说："他大叔，你也来搬冰了。"

李大爷说:"老嫂子,毛主席号召根治海河,咱这大洼要彻底翻身了!"

刘振河的母亲说:"是呀,他大叔,咱们一块参战吧。"说着就走下堤岸动起手来。

刘振河带领全体排水战士们,大家越战越勇,没用几天,冰块就搬净了。剩下的消凌水,由于天气逐渐转暖,再也不结冰了。

尹意良走到一根电杆前,他把电闸一合,20台抽水机同时发动起来,积水哗哗地从排水管向堤外流去。

就这样,40名排水队员在广大群众的积极热情协助下,只用了15天,就把小堤南200多万方冰水全部排净了。

这时,浩浩荡荡的治河大军扛着红旗开进了黄堡洼大淀,工地上战歌嘹亮,挖河战斗正式打响了。

没用多久,大家终于挖成了一条北京通向渤海的排污河。大家站在堤岸上,看到河水滚滚东流,洼淀面貌一新。

架设永定新河大桥

深秋十月，秦皇岛市民工团先遣队来到海河工地，按照计划要在半个月内完成搭建工棚的任务，迎接大兵团早日投入开挖永定新河、兴建铁路大桥的战斗。

刚刚过去 3 天，一排排工棚便起来了，一车车物料运进场地，任务完成了一大半。

第四天天刚亮，大风和大雨就来了，赵秀德正在工棚上钉棚架，他望了望乌云翻滚的天空，对身旁的排长小蔡、副排长小吕说："看样子还要下大雨，我们得快干，争取提前完成任务。"

小蔡、小吕赶紧向大家喊道："大家坚持战斗，争取在大雨前完成任务。"

风还在刮着，雨越下越大。赵秀德和全排民工们衣服都湿透了，雨水顺着脸往下流。但是大家全然不顾，仍然坚持在棚顶上钉着、绑着。

忽然，东北风转为了东南风，风力加大到七级以上，低沉的乌云翻滚着，狂风卷起渤海的水，巨浪奔腾呼啸着漫过公路，冲破堤埝，向海河工地而来。眨眼间工地上就溢满了水。

这时，刚运进工地的几百吨物料和粮食，正散乱地堆放着，有的已经被水淹没，有的漂浮起来。

赵秀德眼看着这些物料就要被潮水吞没，他向大家说："这些物资都是工程施工的保障，我们必须保住它。"说罢，他一下就跳进了水中。

大家也跟着一个个跳了下去。他们捞的捞，扛的扛。大家也不知道摔了多少跤，喝了多少水，经过两个多小时的激战，物料垛起来了，粮食架在了用小车搭的铺上。

夜晚，经过一天的紧张劳动后，民工们已经离开海口工地。这时，还有一个人在那里东转西看，面对着海潮深思着。他就是担任海口筑坝任务的丰润县左家坞民工连连长王恩波。

自从建桥战斗打响后，在工程正在顺利进行的时候，由于金钟河涨潮落潮流速快，水面落差过大，加上淤泥很深，妨碍了桥桩钻孔作业。

这时，有人提出用钢板桩来控制潮水和淤泥。但是这样一来，就需要1500多吨钢材，一时难以运到工地。

工地党委经过研究决定，在桥的两侧屯土筑坝，上截河流，下堵海口，使大桥干场作业。

2月15日，全连民工推进了上千方泥土，在河的两岸向河心各筑起一段3米高、5米宽的土坝。第二天一大早，民工们赶到工地时，却发现土坝已经被海潮冲走了，屯土筑坝失败了。

王恩波这时看着汹涌的海潮奔腾呼啸着，一辆辆火车在京山线上疾速奔驰。他想到：永定新河要在金钟河南侧通过京山铁路入海，如果汛前桥建不成，洪水一来，就会威胁天津市和京山铁路的安全。

王恩波回到工地，已经是午夜了，民工们早已经睡着了，只是连部宿舍的灯光还亮着。

王恩波走进连部的工棚，连队党支部的委员们还在讨论筑坝的问题，支书老王一看到王恩波，就着急地说："老王，大家等你老半天了，我们正讨论筑坝的事，来，说说你的想法。"

王恩波果断地说："根据半个月的实践，屯土筑坝不行，必须改变方案。"

一个支委说："听工地技术员讲，静海县的防潮坝不就是用土屯的吗？"

副连长老金说："我这次外出运料，顺便看了静海的坝，那里离海远，水势平稳，和我们这里的条件不一样。"

王恩波说："我们是不是再发动一下群众，共同出主意想办法？"

第二天，民工们提出打土草袋墙的办法，引起了工地党委的重视，王恩波带领民工进行试验，经过大家一天的试验，终于获得了成功。

工地党委决定，激战一昼夜，堵上金钟河口。

早上，天刚刚放亮，冲锋号就吹响了，筑坝战斗开始了。

王恩波把土袋扛在肩上，说声："上！"就带领民工们向坝位猛冲过去。

民工们顽强战斗着，往返如飞，土袋像雨点一样投入河里，土袋墙迅速向河心伸展，坝身在逐渐升高。

大坝眼看就要合拢的时候，由于缺口狭窄，水流速加快了。新放上的足有 100 公斤重的土袋在激流中翻一个滚就被冲跑了。

王恩波把棉袄一甩，纵身就跳进了滚滚的激流中，接着民工们也跟着他纷纷跳了下去，他们用身体挡住土袋，减缓了水势。

坝上民工纷纷把土袋迅速投入水中，经过 5 个多小时的激战，一座 40 米宽、170 米长的大坝终于合拢了。

有一天，滦南县程庄连的干部民工刚吃过午饭，指导员老金走进了工棚，他大声说："同志们，团指挥部挖一号基坑的任务交给我们了，大家看看有没有困难？"

民工们都知道，一号坑已经出现过多次塌方，拖住了大桥建设的后腿。现在，大家纷纷议论开了。

有人说："挖一号基坑，是有很大困难，但困难再大，也没有我们根治海河的决心大，干！"

也有人说："一号基坑泥沙多，土质软，南面还有个二层楼高的桥头墩台压着，在这里挖基坑，等于海底挖龙王，难呀！"

这时，滦南县治河模范张焕忠站起来说："怕什么，为了把海河治好，别说挖桥墩基坑，就是地心岩浆也能把它挖出来。"

接着，老金就发动大家分组讨论研究。张焕忠说：

"我已经对一号基坑看过好几次了，一号基坑为什么挖了塌，塌了挖，我看就是因为施工抓得不紧，给泥土下沉创造了机会，要想不塌方，必须突出一个'快'字，就是说，要速度，在极短的时间内，以极快的速度抢挖基坑，灌注平台，不给泥土塌陷下沉的机会，一口气把桥墩竖起来。"

老金听从了张焕忠的建议，他从全连选出了一批棒小伙子，组成一支突击队，专管坑下挖土，12个人编为一组，每10分钟轮换一次。又挑选了一部分人在坑上运土。

最后老金说："今天午后开始干，大家要树立敢打必胜的信心。马上做好准备，力争在天黑以前把它拿下来。"

张焕忠身体有残疾，又是个修车工，没被挑选上。会议刚散他就来找老金。老金一看张焕忠就说："怎么，是不是又要求参战哪？"

张焕忠说："是啊，指导员，一号基坑是关键，让我上去吧！"

老金看着张焕忠说："焕忠同志，这次任务困难很大，壮小伙子还怕支持不住呢，看你那腿……"

张焕忠的腿是两岁时得大脑炎，他家穷没钱治病，结果两条腿都瘫了，幸亏全国解放了，他的病才得到了医治，渐渐有了好转。

想起往事，张焕忠坚定地说："是党和毛主席给了我第二次生命，挖一号基坑纵有千难万险我也要去。"

建桥工地上，人流如潮。程庄连 70 名英姿勃勃的治河民工来到工地上，地区指挥部、建桥指挥部和县团领导都亲临工地指挥。大家挖的挖，抬的抬，推的推，基坑上下一番忙碌景象。

张焕忠被分配在上面装车运土，他装起车来不直腰，拉起车来不停步，一车恨不得推走万方土。

小胡关切地对张焕忠说："焕忠，看你头上的汗，休息一下再干吧。"

张焕忠笑了笑说："小胡，当战斗打响以后，一个战士只有冲锋的责任，没有休息的权利。"

"可你的腿脚不灵便啊，我们大家多干点就有你的了。"

"不行，越在关键时刻，就越是考验我们的机会。"

工程进展很快，再挖几十厘米就完成了，这时，桥墩台的压力逐渐加大，突然有人大喊一声："土层有裂缝！"

正在坑边干活的人听到喊声，马上围到坑旁俯下身子去看。大家看到基坑南侧泥土开始下沉，泥沙随着浸水不住地往坑里淌，木桩发出咔咔的响声，眼看就要塌方了！

基坑上面的人赶紧喊："快上来！"

张焕忠这时正站在坑旁，他想：现在基坑已经很深了，如果出现塌方，南面的桥头墩台一定要翻跟头。工地地处京山铁路要道，这就会给国家造成经济损失，延误通车、泄洪的时间。

想到这里，张焕忠大喊一声："同志们，快跟我下！"说着把鞋一甩就要往下跳。

忽然，有人一把拉住张焕忠说："你的腿不方便，万一塌方，你躲不开！"

张焕忠说："不要管我，抢救基坑要紧！"说完他就跳了下去。

张焕忠使劲地蹬着铁锹，蹬着蹬着突然感到两腿一阵疼痛，两眼直冒金花，他立刻意识到，这是因为在泥水里待的时间太长了。但他咬紧牙关，继续坚持着。

突然，一块门板大小的泥土从东南角压下来，3棵小木桩断开了，一棵10米多长的大木桩慢慢地倒了下来。

张焕忠一个箭步跃到塌方处，他用肩膀顶住了正在下塌的泥土，随后大家也都冲上去，有的顶木桩，有的下模型板。

一号基坑抢挖出来了，为桥墩灌注工程打下了稳固的基础。

不久，在京山铁路线上，永定新河入海处，飞架起一座崭新的钢筋混凝土铁路大桥，波涛汹涌的河水，从桥下泻入渤海。

改造海河盐碱洼地

1964 年 11 月 17 日晚上，南运河西岸的前七里大队正在召开社员大会，庆祝毛泽东"一定要根治海河"题词发表一周年。

前七里是黑龙港流域有名的碱场子，这里碱疙瘩像一座座破窑，碱岗子就像一堵堵围墙。每到冬春两季，呼呼的北风刮得遍地直冒白烟。粮食亩产只有几十斤。

解放前，前七里百十户人家，每年秋后交上租子纳完税，不知有多少人挑着孩子下关东。到解放后，这里只剩 60 来户了。

一天早晨，白茫茫的碱滩上走来了 5 个人，景县前七里大队党支部书记马志正走在前面，他举着小红旗，拉着百米绳，带着大家在老碱洼里制订改碱的规划。

马志正站在一个大碱疙瘩顶上，四周看了一下，然后对大家说："看，咱前七里这片老碱场，就像黑龙港流域的一块癣疮，要不是根治海河，咱这里万辈子也变不了，永远也过不上幸福的生活。"

17 日晚上，马志正等大家平静下来，笑着说："同志们，别着急，有掏劲的时候，今晚咱大伙仔细琢磨琢磨，大家都提提修改意见。"

人群里，一个短发姑娘猛地站起来大声说："姐妹们，走，咱们讨论去啊！"

大家一看，原来是马秀香，因为平时说话做事泼辣，大家都叫她"愣秀"。

马恒俭老人也举起烟袋说："'老'字号的伙计们，咱们也别落后呀。"

会上，党支部公布了"苦战三年拿贡献，争取五年大翻身"的治碱规划。群众的情绪一下被调动起来，大家要求马上成立治碱突击队，明天就开进老碱洼，打一场平整土地的战争。

规划上写着："今后还要打深井，用甜水压碱。"

马志正说："这盐随水来，碱随水去，头一步先把地平整好，接着再把运河的水引过来，洗盐压碱，一年准能打个翻身仗。"

这时，马秀香带着一群姑娘闯了进来，她拿着一卷纸说："看，这是俺们的决心书。"

马志正说："给大伙念念。"

马秀香高声念起来：

我们一定要遵照毛主席关于"一定要根治海河"的伟大教导，苦干、巧干、拼命干，根治老碱洼，决心一年拿贡献，三年把面貌大改变。

还没等马秀香念完，屋里就响起了一阵热烈的掌声。

马志正带领前七里的治碱突击队，在朝霞洒满大地的时候，开进了村北老碱洼，按照规划，这里要建成大寨式的方田。

马秀香爬上最高的碱疙瘩，她正要招呼姑娘们抢镐大干，马志正把她叫了下来，对她说："香，咱那规划上是怎么说的？"

马秀香笑了，说道："对，规划上说'先易后难，分期治理，当年见效，不误农时'，不能先啃这个大的。"

大家战斗了 20 多天，铲掉了几十个碱疙瘩，填平了 10 多个碱洼子，马志正把大家集合在一起，总结了前段战果，然后开始向那个最大的碱疙瘩进攻了。

这天下午，东北风一阵比一阵紧，乌云慢慢布满了天空，临近傍晚的时候，开始下起了大雪。

第二天早上，遍地雪白，积雪足有半尺厚。

马志正和几个支委扛着铁镐向碱岗子走来，紧接着马秀香带领着治碱大军也跟了上来。

这时，碱疙瘩冻成了冰山，大家一镐下去一道白印，遍地只听见镐头响，冰屑四处飞溅，人们的虎口都被震麻了，胳膊也累得酸痛，忙活了一上午，每人却只刨下一个不大的坑。

大家看到这种情况，有的人就有些泄气了。马志正说："大家不要被几堆碱疙瘩吓倒，咱们要用革命精神，一定能战胜它。"

马秀香满脸都是汗水，她和姑娘们喊着号子，狠劲地抡大镐，在碱疙瘩上凿出洞以后，插上杠子往上撬，但是，大杠一下就折断了，把马秀香甩出好远。马秀香的火气上来了，她抹了一把汗，大声说："走，咱们抬檩条去！"

一帮青年把抬来的檩条斜插在一个个洞眼里，马秀香布置完毕，她喊着号子，大伙猛一使劲，只听"嘣"的一声，掀起一块碾盘大的冻土，大家齐声欢呼起来。

天越来越冷，地越冻越厚，刚破开一层土，又冻成一层冰，马志正扛起镐头，想找马恒俭他们这伙老人商量一下。

这时，忽然听到马秀香大喊起来："看，治河的人们回来了！"

大家抬头一看，民兵排长刘振乾带着一溜小车来到了跟前。他见了马志正，开口就要任务。

马志正说："你们刚从工地回来，太累了，先回去休息一下吧。"

刘振乾急了："改造盐碱地，是咱前七里早就盼望的大事，在这个时候谁能歇得住。"

治河的民兵们也都齐声叫道："支书，快让我们参加战斗吧！"

马志正只好答应了，他接着对刘振乾说："振乾，你们来得正是时候，我们正为冻土层发愁呢，你们在工地上经常跟冰冻打交道，准有好招吧？"

刘振乾围着碱疙瘩转了一圈，说："要是能打眼放炮就好了。"

一句话把大家提醒了，人们都说："制土炮，恒俭可是老行家。"

大家都知道，解放前马恒俭老人在矿上干过好几年，马志正对马恒俭说："制土炸药的任务就交给你了，你需要谁随你挑，有什么困难只管说。"

马恒俭满怀信心地说："没问题，哪能把困难老挂在嘴边上，遇到事大家再商量就行了。"

于是大家兵分两路，一路打炮眼，一路制炸药。

马秀香见马恒俭没挑她去制炸药，很不高兴，找到马志正说："我也去制药，俺到了那里，保证注意安全，保证服从命令。"

马志正笑了，说："好啊，保证服从命令？香，命令你面向碱疙瘩，跑步——走！"

马秀香笑了："志正叔，你可真是个支书。"说完，她就跑去抢镐了。

刘振乾把治河战士分到各个小组，去传授大家破冻的方法，大家很快就在碱疙瘩上打出了一个个炮眼。

分兵作战以后，马志正就更忙了，这天，他从制药组跑到工地，把马秀香喊了过来，对她说："香，给你个新任务。"

"说吧。"

"调你去制药组。"

这下马秀香可高兴了，她调皮地给马志正行了举手礼，大声说："保证完成任务！"就一阵风跑着去了。

原来，马志正了解到，马秀香没被挑去制药，她每天收了工，顾不上吃饭就跑到马恒俭家，一边插手帮忙，一边问这问那，终于学会了制药和装包。眼下打炮眼的进度很快，而制药的那边人手少，于是决定把马秀香调过去。

腊月三十，爆破开始了。

马志正叼着口哨，手里举着小红旗，站到一个大高坡上，他环顾四周，指挥战斗。

制药小组的人们在马恒俭的指点下，大家埋炸药，安炮捻，紧张而不慌乱。

工地上站满了人群，有两个白胡子老头在悄声议论：

"这气派还真像当年八路军拿鬼子的岗楼一样啊。"

"嘿，这回呀，拿下'盐碱岗楼'，咱这老碱洼就解放了。"

很快，大家就布置好了，马志正四下打量一遍，然后喊了一声："放！"

顿时，碱洼里响起了沉雷般的爆炸声，硝烟弥漫，那个大碱疙瘩被炸得四处开了花。

马秀香和刘振乾带领青年们呐喊着："冲啊！"就冲上去，抬起一个个大冻块，使劲向洼子里扔去。

化冻以后，前七里人把大片的老碱地造成了平展展的方田。方田修好后，就需要引水压碱了。

要在排灌渠上修涵洞和闸门，需要几十万块砖。马志正找到老乡们商量，大家讨论出了办法：一部分人拆报废的旧井，一部分人培窑烧砖。

大家在村东头搭起了席棚，马恒俭带着一些人在推土培窑。刚打好窑基，村里就接到了公社的通知：治河战士明天就要开赴前线。

马志正对刘振乾说："你们回去收拾一下，明天出发吧。"

刘振乾和民兵们商量了一下，大家齐声说："没什么收拾的，明早出发，今晚猛干，耽误不了。"

这天晚上，窑场上灯火通明，小车来往如飞，新窑眼看着往上长。

马志正正推着小车，他突然在人群里发现马恒俭正背着一筐土吃力地往窑上爬。马志正想上前帮他，对他说："老哥，你上了年纪，这黑灯瞎火的别上了。"

马恒俭一听这话不乐意了，他说："上了年纪咋的？支援社会主义建设，不能增斤也能添两吧。"

马志正不由分说，就把马恒俭的筐抢过来扔到小车上，一边走一边对马恒俭说："老哥，你来当总指挥，让大家都注意安全。"

马秀香带领着姑娘们来了，马恒俭赶忙拦住她们说："闺女们，今晚的活太重，你们回去吧。"

姑娘抢着说："俺们提灯笼，老人们都回去休息吧。"说着一起上前夺过老人们手里的灯笼，高高地举起来。

马恒俭从这边跑到那边，不停地指挥着，大声喊着，嗓子都快喊哑了。这时，马恒俭忽然看到一个人推着车子从窑上滚了下来，他急忙奔过去一看，原来是马秀香。

马恒俭心疼地说："你这孩子，怎么不听话呢？摔着了没有？"

马秀香笑着说："没事，不推小车俺来干什么？"说着推起小车就跑了。

天亮了，马志正把窑地工作安排好以后，顾不上一夜的劳累，跟着马秀香来到她们的突击队。姑娘们正在村北搭起架子，吊上滑车，扒出一堆堆的旧井砖。

这眼旧井年久失修，井壁已经坍塌了，砖大半都掉进了井里。

马秀香拉过绳子往腰上一拴，扯了块雨布披在身上就对大家说："我下井去。"

马志正刚要阻拦，马秀香已经顺着吊绳滑到了井底。

井下阴森森的，马秀香脚踩着污水烂泥，两只手飞快地往吊筐里拾砖，吊筐往上一提，水和泥都往她脖子里浇，激得她起了一身的鸡皮疙瘩。

但马秀香全然不顾，她拾完水皮上的砖，又把双手插进污泥里摸开了，随着马秀香那响亮的吆喝声，一筐筐的大砖被提上了井口。

姑娘们也学着马秀香的样子，大家轮换着下井，扒完一眼井，就到另一眼井，几天时间，就扒了两万多块砖。

马志正和马恒俭带领全村的劳力日夜奋战在运河大

施工与建设

堤上，扬水站建成了，运河的水按照前七里人指定的路线，哗哗地流进了方田，把碱压了下去，大家又在田里种上了春玉米。

张窝公社房庄子大队在天津市西郊区。房庄，处在海河下梢，是津西阎家洼的"锅底"，地势最低，过去受海河危害最大，是有名的穷碱洼。

解放前流传着这样的歌谣：

> 穷房庄，苦房庄，
> 春天碱地白茫茫，
> 夏季洪涝水汪汪，
> 穷人挨饿没法过，
> 卖儿卖女去逃荒。

自从毛泽东发出"一定要根治海河"的号召以来，房庄人民奋战 10 年，根本改变了碱洼面貌，树起了"农业学大寨"的鲜艳红旗。

大队党支部肖书记说："要说房庄的变化，还得从这块'操场地'谈起。"

大家都举目望去，地平如镜，埂直如线，灌水渠、泄水沟交织成网，好像绿地毯上印下了方格图案，显得格外好看。

肖支书笑了笑，向大家讲起了"操场地"的故事。

由于房庄地势低，积水多，80% 是白茫茫的盐碱地，其中以这 30 亩最严重，又光又硬，寸草不生，群众管它叫"操场地"。

房庄贫下中农决心从"操场地"开刀，大搞水利配套工程，摸索综合治水改土的经验，全面落实"一定要根治海河"的指示。

1964 年冬天，大战"操场地"的战斗打响了。青壮劳力都上海河骨干工程前线了，家里的男女老幼就一齐上阵。

集体的治水工具也大部分带到前线去了，社员们就拿出自己家里各式各样的工具。

数九寒天，地冻如铁，一镐下去，冰花四溅。虎口震裂了，没人叫一声苦；镐把震断上百根，换上新的继续干。

大家都说："地再硬，没有我们贫下中农改天换地的骨头硬；天再冷，动摇不了我们根治海河的决心。"

他们大干一冬，在"操场地"周围挖了一条 1 米多深、2 米多宽的泄水沟，地里垫上了 3 寸多厚的活土。开春后种上玉米，秋后收了 4500 多公斤粮。

接着，他们又加修了排灌网，改成畦田，种上小麦，第二年又收了 6000 多公斤。

改造"操场地"的胜利鼓舞了房庄人民，治水改土的战斗在房庄更加广泛持久地开展起来。

由于水利工程年年搞，自然条件年年改，房庄子大队的粮食产量年年增加。

社员生活大有改善，全大队个人存款达3万多元。肖支书越讲越激动，他说：

我们的一切幸福都来自毛主席他老人家的亲切关怀。我们决不满足已经取得的成绩，还要大干苦干，在积极参加根治海河骨干工程同时，自力更生挖掘地下水源，逐步实现井网化，把所有耕地建成稳产高产田。

三、 后勤与供应

● 张寿昌说："你们看，治河大军冒着风雪提前进场了，这么冷的天，民工们吃饭最需要的是碗筷，我们快送去，省得他们踩着雪来回跑。"

● 袁指导员拉着习景和的手说："景和同志，你用自己的行动为大家树立了学习的好榜样。"

● 吴玉合说："别说30斤，就是一斤，从矿山运到工地，容易吗？国家的财产，斤斤两两都要用到刀刃上。"

运输队抢运施工物资

乐亭县陶庄民工连担任根治海河修建永定新河大桥的后勤运输任务。有一天，大家刚从工地回到工棚，连部的电话铃声就响了。

连长徐瑞芝急忙拿起话筒，里面传出后勤调度员急促的声音："老徐吗？有个紧急任务。"

原来，随着整个建桥工程的跃进，要求物料的供应量加大了，如果运输不能跟上去，必然会拖住整个工程的后腿。

调度说，现在火车已经把物料运到了北塘车站，急需在桥北工地卸车。

徐瑞芝一边拿着话筒听着，一边心里想：桥北工地没有辅线，需要在正线上卸，而下线卸车就要在两次列车运行空隙间进行，那就必须在 10 分钟内卸完平时两个小时才能卸完的物料。但是大家刚刚卸完 3 列车物料，如果现在接着干，大家的体力能撑得住吗？

但徐瑞芝又想到：桥北工地已经钻好的桥桩孔如果不及时灌注的话，土掉下来就要报废了。

想到这里，徐瑞芝毫不犹豫地回答说："好！我们坚决完成任务！"

接着，徐瑞芝就命令吹响了紧急集合的哨音，他带着全连民工向北塘车站开去。

徐瑞芝今年 51 岁，在旧社会曾经给地主扛过活，参加革命后当过八路军连长，在战场上他舍生忘死，英勇杀敌，多次荣立战功。复员后，徐瑞芝又始终站在生产斗争的第一线。

民工们都说："老徐天不怕，地不怕，天大的任务交给他也能拿下来。"

民工们赶到北塘车站，大家刚登上满载石砟的列车，车头就吐着白烟，带着车厢飞速地驶向桥北工地。

此时，车外北风呼啸，滴水成冰，人们穿着棉衣还觉得冷，可是车厢里的民工们却穿着单衣，他们精神抖擞，紧张地进行卸车准备。

过桥以后，列车减速了，在将要停下的一刹那，小刘一个箭步跳到车门口，他一铁锤就打开了划车门的铁销子，人们一下把车门拉开了。

接着，成吨的石砟随着车门的开启，哗哗地向车下溜去。

徐瑞芝大喊一声："卸！"车厢里顿时沸腾起来，民工们挥舞起铁锹，响声连成一片，灰色的石砟就像决口的洪水一样向车外涌去。

仅过了两分钟，车厢里就石粉飞扬，烟雾弥漫，石砟面呛得大家都喘不过气来，人们的衣服已经被汗水湿透了，豆大的汗珠从脸上像雨点一样滴下来。

徐瑞芝虽然年纪大了，但他始终战斗在最前边。在最紧张的时刻，徐瑞芝看到小王由于过度疲劳，身子有些摇晃，他就赶快挤过去说："你喘口气，我来干!"

小王一看是连长，他着急地说："你要指挥全连，我能坚持!"

小王话还没说完，徐瑞芝已经站好了位置，他挥起铁锹，一口气把成堆的石砟卸出车厢。

这时小王想到：连长是年过五十的人了，昨天为了抢卸一列快车被大石头砸伤了脚，今天带着伤还参加了4次装卸任务，而自己年轻力壮的，却干了一会儿就想歇一歇。

小王想到这里，他把手里的铁锹挥舞得更欢了。

大家经过8分钟的紧张抢卸，12节车厢的石砟相继卸完，只剩四排车厢里抢卸还在进行着。

原来，四排除了和其他排同样担负两节车厢的卸料任务以外，他们还主动承担了附加车的卸料任务。这附加车车门少，装料却多，八九分钟是卸不完的。

当徐瑞芝带领民工们正要跳上四排卸料车厢的时候，后勤的外线调度员老杨急忙拉住他说："老徐，别卸啦，时间来不及了!"

徐瑞芝想：下次再卸既积压车皮影响铁路运输，又耽误工地用料。他急忙问老杨："离开车还有几分钟?"

老杨说："5分钟。"

徐瑞芝一听，果断地说："接着卸!"

老杨说："你有把握?"

大家一起回答："有把握！"

徐瑞芝把手一挥，大声说："上！"就飞步跳上一车厢，民工们争先恐后地干起来，经过一番激战，终于提前完成了任务。

当徐瑞芝跳下车厢的时候，老杨跑过来紧紧握住他的手说："老徐，你这个老八路带出来的兵，真行！"

这时，开车的预备笛声响了："呜——"

徐瑞芝突然发现有些车轮附近的铁轨被石砟埋着了，他想：如果不及时扒开，火车一开就会有脱轨的危险，影响全线列车运行。

徐瑞芝大喊一声："快扒道眼！"随即弯下身子就往车厢底下钻。

老杨急得喊道："老徐，危险！"

徐瑞芝边钻边说："不清好道眼，列车出了事会更危险！"

民工们也紧跟着徐瑞芝钻进了车厢底下，由于石砟空隙小，锹伸不进去，徐瑞芝就把锹一扔，用两只手伸进去扒，一转眼，埋在铁轨上的石砟被扒出来，道眼清好了。

徐瑞芝和身边的民工们望着加足劲向前奔驰的列车，他们满是汗水的脸上露出胜利的微笑。

供应站转战在治河前线

有一天，天刚放亮，一夜大风也止住了，临时住在王村中学的武清县第四供应站的负责人张寿昌就悄悄从床上爬了起来。

张寿昌开了门，走出来一看，外面飘飘扬扬下起了大雪，顿时心里着起急来。他没有惊动屋里睡得正香的小伙子们，急忙走到屋檐下，推起自行车就往外走。

几年来，张寿昌和供应站的人们，随着治河大军沿海河线转战，已经供应了邯郸地区的广平、肥乡，天津地区的武清、安次等大小 15 个县、市的公用、民需。他们走到哪里，就和那里的治河民工一起战斗。

张寿昌已经是第四供应站的第三任负责人了。他骑上自行车，在高低不平的道路上一扭一滑地行进着。

昨天傍晚，当张寿昌他们来到王村联系站址的时候，大队主任就热情地拉着他的手说："早就给你们安排好了地方。"说着领着张寿昌来到村北，用手一指前面，对他说："这儿怎么样，离工地近，地势也高。"

张寿昌走上前，他看着面前一望无际的麦田，摇着头说："这可不行，要糟蹋一大片庄稼。"

主任没办法，又给他们换了个地方，但当大家要挖坑基搭棚的时候，张寿昌又不同意了，他指着麦地那边的河道说："这里虽然错开了麦地，可是晚上大家来站上的时候，还是免不了要踩到麦子，再说就快开春了，咱占这么大一块地，也会耽误老乡们播种。"

大家听张寿昌说得这么有道理，就都停了手。到底在哪里建站一时没有着落。

但现在，张寿昌已经找好了一个好地方，就是村头上那片大沙岗。因为昨天工棚没有搭成，大家就暂时在中学住了一夜，本打算今天一早就搭棚建站，却没想到下起大雪来。

张寿昌想骑车先到现场去看看，当他就要走到沙岗的时候，却突然冲出一个年轻人一把将张寿昌的车子拉住了。张寿昌回头一看，对年轻人喊道："小荣，你怎么来了？"

年轻人名叫荣景春，前几年天津市决定抽调商业人员，组织海河工地供应站，荣景春听了以后，三番五次地找领导要求上海河，最后终于被批准了。

荣景春来到供应站，他刚放下行李，就忙着钉起木箱来，当时供应站的第二任负责人夏俊卿问他："你干什么？"

荣景春回答："送货呀。"

夏俊卿说："不用了，从今天开始，你就在站上负责做饭吧。"

从此，荣景春说自己是"后勤的后勤"。他刻苦学习做菜技术，后来，饭不但做得好吃了，而且晚上还兼喂牲口加值班。那时民工们吃水点比较远，荣景春一有时间就偷偷跑去挑水。

张寿昌从一来就喜欢荣景春这个小伙子。

现在荣景春对张寿昌说："怎么，好事难道就准你一个人做？"

张寿昌说："不是，我是说，你怎么知道我到这儿来了？"

荣景春故作神秘地说："要想人不知，除非己莫为，你看。"说着他就指了指雪地上留下的自行车印。

这时风雪打得人睁不开眼睛。荣景春接过张寿昌的自行车，走了一会儿就到了大沙岗。

张寿昌指着脚下这一片大沙岗，兴奋地对荣景春说："这儿怎么样？"

荣景春说："好，离工地不远，而且又不糟蹋庄稼，不过，大家都对你有意见了。"

张寿昌一听忙问："为什么？"

荣景春说："大家都说你不相信群众。"

张寿昌被逗乐了，他拍了荣景春一下，说："你总是有理，还不快去拉东西。"

这时，他们向村口一望，只见一队人正向大沙岗走来，拉车的，扛竹竿的。荣景春对张寿昌说："大家已经来了。"

说话间，大家已经到了跟前，他们有的刨坑，有的搭棚，没多大功夫，就搭成了一个起脊式的工棚。

荣景春正迎着风挂门帘的时候，看到工地上红旗招展，人声喧闹。张寿昌高兴地说："你们看，治河大军冒着风雪提前进场了，这么冷的天，民工们吃饭最需要的是碗筷，我们快送去，省得他们踩着雪来回跑。"

说着，大家就扛起碗筷向工地走去。

有一天，刚来的王承增遇到了荣景春，他们不但是同村、同学，而且还一起被推荐到商业战线，只不过王承增要比荣景春晚来海河工地两期。

王承增问荣景春："你在这儿做什么？"

"给大家做饭。"

"我不信，上工地多带劲。"

"那得先考验考验。"

"什么，当个工地售货员还要考验？"

"当然。"

就这样，王承增就成了供应四站的炊事员。

在一个下雪天，一大早四站的人们就踏着半尺厚的积雪拉着满载的小车，带上防冻膏和防寒保护用品给民工们送去。

等大家回到站上，却看到院里静悄悄的，屋里没有人，烟囱也不冒烟，大家都纳闷：小王哪里去了？

大家正想着，却看到王承增手提一把管钳，脸上淌着汗珠，嘴里喘着粗气闯了进来。

荣景春质问王承增："你不做饭到哪儿去了？"

王承增瞪了荣景春一眼，没好气地说："玩去了。"

说完就把管钳往货架子一丢，趴在桌子上生闷气了。

原来，大家上工地以后，王承增觉得做饭时间还早，他就去工地上了解民工们需要什么东西。当他走到一个连队，碰巧一个修理工问他站上有没有管钳。王承增就问了型号，然后想到站上没有，就到附近几个供应站去买，结果都没有。他又一口气跑了 5 公里路，才在批发站买到了。

可是当王承增把管钳送到连队的时候，却怎么也找不到那个修理工了，他问连长，连长说不知道。王承增一听顿时就生气了，提上管钳就回来了。

荣景春一听就忍不住了，他说："哪个连队的？走，咱再去问问。"

张寿昌笑着说："好呀，小伙子，你又做了一件好事。"

王承增气还没有消，说道："好什么，费力不讨好。"

张寿昌说："小王，话可不能这么说，咱们这工作是为人民服务，可不是为讨好。"

王承增气呼呼地说："那咱也得给他们县团反映反映。"说着就站起身来。

这时，忽然从外面闯进一个年轻人来，他一把握住了王承增的手，嘴里连连称谢："同志，听我们连长说，你跑了几十里为我们买来管钳，这下可帮了大忙了。"

王承增这时认出这人正是托他买管钳的修理工。修理工又抱歉地说："兄弟连找我去帮助修一下爬坡机，我走的时候忘了交代，结果让你跑了好几趟。"

王承增觉得自己错怪了人，不好意思地说："这是我做得不够细。"

有一天9时，王承增给四站的同志们开过饭，他又来到工地，坐在马扎上，一心一意地给民工钉鞋。尽管他的技术还不够熟练，但他还是精心地做着。

正当王承增钉一只前掌的时候，工地中午收工的号声吹响了，在他的周围立刻围上来一大群人，有的来取鞋，有的继续送来要钉的鞋。

王承增一看来了一群人，心里不由得有些慌乱，觉得手上的钉鞋锤也重多了。钉前掌是最需要技术的活，他选好位置，左手扶钉，右手用锤一砸，哪知道钉头一歪，正砸在自己的食指上。

王承增觉得一阵剧痛，大家也很关切地说："小王，快包包，手破了。"

王承增用右手抹了把汗说："没事。"就又埋头干起来。这次他吸取了上次的教训，把钉子扶好，握紧锤子，左右看了一下才用力地把钉子砸了进去。

就在这时，一个年轻人光着脚，拨开人群就挤到了王承增面前，他把手里的一双鞋往王承增跟前一摆说："好家伙，差点把我的脚给扎透了。"

王承增把那人的鞋拿过来一看，原来前掌有一个钉尖，只露出一点。他马上把鞋反放在鞋拐上，想把钉子倒回去。

这时，在一旁售货的张寿昌走过来说："来，我干会儿。"王承增马上递过一个马扎。

张寿昌坐下以后，并不先处理鞋上那个钉子，而是先拿两个新钉子含在嘴里，然后用钳子钳住鞋上那个钉头，一下就把钉子撬下来了，再把新钉子挪了个地方，用锤轻轻一点，鞋钉就老老实实地钻了进去。

人群中顿时发出一片啧啧赞叹声。

可是张寿昌仍然不放心，他把手伸进鞋里摸了一会儿，又拿着那只鞋，反正着看了一下，才交给那个年轻人说："给，不行咱再返工。"

在海河工地上，迁西县团的一台土爬坡机正飞快地转动着，那条用来作牵引的钢丝正拉着千斤重车往上爬，由于负荷重爬坡机发出沉重的响声，滚烫的钢丝不断有铁末落下来。

这时，荣景春和大家早已经把民工们需要的东西送到了工地上。正在工地上干活，这时，他忽然听到人群中一阵惊呼。

荣景春抬头一看，原来是爬坡机的钢丝牵引断了，小车正在顺着坡滑下来。他于是就问一个民工："那么粗的钢丝怎么会断呢？"

人们都回答："那还用说，车太重了。"

荣景春拿起那节钢丝，一边看一边自言自语："看，这钢丝怎么这么细了？"

荣景春突然想起在文安拖拉机站的时候，他曾看见人们用钢锯锯铁的时候用水浇，他不由说道："能不能用水浇机器槽轮，减少热量。"

民工们一听都兴奋起来，大家说："肯定有门，咱们试试。"

趁工地休息，荣景春回站拿来一个废铁桶，在桶底钻了个小洞，又在爬坡机上搭了个三脚架，把水桶一吊，水便一滴滴地落到槽轮里，钢丝不热了，也不掉铁末了。

这天，荣景春掌灯的时候才高兴地回到站上，他刚进门，就看到唐山地区一个县团的干部来找张寿昌。

张寿昌迎上去问："你们缺什么东西吗？"

那人笑着说："我们用的那本账，还不是都在你心里装着。"然后他紧紧地握着张寿昌的手说："你们供应站的工作真做到家了，我们想到的你们做了，我们还没想到的你们也做到前面去了。"

这几句话把张寿昌给弄愣了。他一细问才知道，原来他们县有个民工晚上忽然多了一床被子，经过反复调查，说是供应站的人见他被子薄给送去的。他们要求张寿昌找出这个人来。

张寿昌这下可难住了，他回头看到荣景春脸上带着笑容，就对他说："你笑什么，是你办的你就承认得了。"

荣景春说："怎么会是我，我两条被子都在呢。"

但是这件事荣景春心里清楚，因为前天他从工地回来，亲眼看见王承增把一床被子抱进了唐山地区的工棚。

张寿昌看看这个，又瞧瞧那个，发现大家都有说有笑，只有王承增低着头不说话，他心里一下子也明白了。

就对那个人说："这事你交给我吧，准给你找到送被子的人。"

那人走后，张寿昌说："你们一个个都学会'卖关子'了，好呀，今晚我也卖一个，现在统统熄灯，谁也不准出门。"

然后张寿昌叫上几个人来到了院子里。

原来，有个县的民工团刚到天津地区施工，对这儿的土质摸不准，没几天他们的进度就慢了下来。张寿昌知道以后，跟着他们干了一天，终于发现，原来这个县的民工习惯用桃头锨，这种锨在沙地还好用，但在黑黏土上就不行了，既粘锨装土又少。

张寿昌回到站上，拿了一张天津特制的瓦垄锨给民工们一介绍，大家一下子就喜欢上了，当场订购了几百张。

现在，张寿昌要趁晚上给工地送去。

可是，当大家把锨装上车刚要向工地走的时候，张寿昌突然说："停下，停下。"见大家都看着他，张寿昌说："我们给工地送这么一车锨去，不打磨好，明天民工们怎么使？"

听张寿昌这么一说，大家马上响应说："姜还是老的辣，老张就是比咱们想得长远。"

等打磨完了锨，已经是后半夜了，大家路过四站门口的时候，张寿昌又说："再停一下。"

大家说："还有什么不周全的?"

一个小青年说:"老张呀,我可想到你心里去了,是不是再安好把送去?"

这下把大家都逗乐了。站上的人都睡不着了,大家一齐出去,削把的削把,安锹的安锹,等东方天空已经发亮的时候,几百把锹全安好了。

等大家把铁锹送到工地的时候,县团领导感动得紧紧握着张寿昌的手说:"四站为了支持修海河,真是把心都操碎了。"

后勤与供应

医护人员战斗在工地上

在繁忙的海河工地上，盐山县民村连队的医生刁景和正身挎红十字药包，时刻关注着治河民工们的身体状况。

一天清晨，嘹亮的起床号声响彻在海中工地上。刁景和走出工棚，抬头一看，晴空万里，朝霞似火，刁景和想：天这样晴朗，先把民工们的被子晒上，再去操办大家洗澡的事。

这时，浩浩荡荡的队伍正奔向工地，被大家称作"铁人"的刘大柱扛着大铁锹走过刁景和身边，对他说："刁医生，又给我们晒被子啦。"

刁景和笑了笑说："讲卫生，预防疾病嘛。"

刘大柱拍拍自己的胸脯说："像咱们这些人，哪一个不是硬邦邦的小伙子呀，就算有点头疼脑热的，把小车一推就好了，根本用不着天天防吧?"

刁景和说："大柱，话可不能这样说，如果不预防，那就会养成不好的习惯，万一发起病来，就会影响治河工程。"

大柱想到了前几天刁景和忙着给全连装通风窗的事，他感激地冲刁景和点点头，就向工地跑去。

最近，刁景和看到民工们劳动一天，身上就汗津津的，他就想：这样日子一长，肯定容易闹病，必须尽快解决民工洗澡的问题。

刁景和找到连指导员老袁，把意见向他说了，指导员激动地握住刁景和的手说："景和同志，民工们都有这个愿望啊！"

刁景和和指导员研究了一会儿，就向工地走去。他先来到伙房，把打算让民工们洗澡的想法向炊事员们说了一遍。

炊事员老张高兴地说："老刁哇，你处处往大伙心里想啊。你说洗澡的热水不好解决，我看柴油机的冷却水就可以利用。"

刁景和一听，拉住老张的手说："你出的点子很好，我马上就去看看。"

老张接着说："放心吧，冷却水如果不够的话，我们烧水的时候再多添一些水，多用几铲煤，不就解决了吗？"

刁景和说："还是要勤俭办事，洼里遍地是野柴，我拾柴烧水就行了。"

老张和炊事员们都说："对！至于拾柴这件事，你整天忙，就交给我们吧。"

刁景和快步来到抽水站，他在柴油机冷却水缸旁边转着，想着。

机手李金生走过来问刁景和："刁医生，你又在想什么啊？"

刁景和说："我想用这些冷却水，让民工们冲冲身上的汗泥，你看好不好？"

李金生说："这回咱们想到一块儿去了，大家洗了澡，又干净又解乏。但就是缸太少，人又太多，可能洗不开呀。"

刁景和说："缸少有办法，这一缸冷却水，足有十二三桶，你每天提供一缸，我再烧一缸，再掺上一些凉水，这样，估计民工们就能轮流冲洗一遍。"

李金生表示赞同，他立即帮着刁景和在离抽水站20米的地方垒了一个土台子，又找来一个大铁桶，在桶底部凿了一个眼，然后又去找来了小皮管和喷水龙头，往桶上一装，正合适。

然后他们把桶架到台子上，一个土浴池就建成了。

午饭过后，刁景和就找来了废铁丝和废木板，他自己动手做了个铁耙，跑到荒洼里，不一会儿就拾满了一大担柴草，然后担到伙房烧起水来。

傍晚的时候，海河工地沐浴在一片晚霞里，刁景和把洗澡的一切准备工作都做好了，又把自己的肥皂拿来，放在一边。

刁景和擦了擦脸上的汗，慢慢地吸着旱烟，看着收工的队伍向工棚走来。他高兴地对大家说："同志们，到这里来洗洗澡吧。"

大家走过来一看，都高兴得不得了，小伙子们站在又清又热的水流下面，尽情地洗，尽情地冲，把身上的汗和泥都冲得干干净净。

晚秋的时候，一连刮了几天的西北风，工地上沙土直飞，有很多民工患了鼻出血症。

刁景和一时还没有找出疗效更好的药，心里很着急，整个晚上他都在想办法。

第二天一大早，刁景和就来到县团卫生组，卫生组的人和刁景和认真研究，他们发明了一种用醋棉止血的土方法。土药方有了，刁景和心想：用这个办法治鼻出血是第一次，如要成功，那还需要实践才行。

这时，刚巧三班战士马迎春的鼻子破了，刁景和赶忙到伙房取来一点醋，吸在针管里，他轻轻地喷进马迎春的鼻腔里，然后，又小心翼翼地用浸了醋的棉球塞进他的鼻孔，血很快就止住了。

用醋治鼻出血取得了一点效果，但这种病还在不断地发生。刁景和心想：如果用一种土药，能治又能预防该多好啊。

于是，刁景和跑遍了兄弟连队的卫生室，他还到工地上找群众求助。

有人对刁景和说："土方土药很多，比如青青菜汤喝了就能预防出血，抹了菜水就能止血。"

刁景和一听，转身就跑到地里挖回了几棵青青菜，他亲自做了试验，果然疗效很好。

这一来，刁景和的信心更足了，第二天早晨起来，他就身背草筐，跨水沟，穿芦荡，不顾菜刺扎手，一口气采了一大筐。

午饭过后，刁景和先用擀面杖在碗里捣了一大瓶子青青菜膏，装进了红十字药包。他又轻轻地拿起菜刀，切起青青菜来。虽然这时刁景和已经感到很累了，但他还是坚持忙碌着。

切菜的声音惊醒了正在午睡的炊事员老刘，他走到刁景和跟前说："刁医生，给民工们做什么名菜呀？"

刁景和就把事情跟老刘说了，老刘当即帮他干了起来，他们切菜的切菜，烧火的烧火，一会儿就熬了满满的一锅菜汤。

下午民工们上工前都习惯到医疗站来喝水，刁景和对大家说："同志们，今天的水和往日不同，每人都要喝一碗。"

大家都问："有什么不同？"他们走到水桶边，看到水里有茶包，就高兴地说："刁医生还给咱们泡了龙井茶呢。哈哈。"

刁景和认真地说："虽然不是龙井，可是它对鼻出血能治又能防，快喝吧。"

这时，民工许洪章在一边低着头弯着腰，小声说："刁医生，我的鼻子破了。"

刁景和赶忙打开红十字包，取出青青菜膏，轻轻地涂在许洪章的鼻腔里，立刻就把血止住了。

大家看到这药效果这么好，就都争着问："刁医生，这药是怎么配制的？快告诉我们吧。"

刁景和把治鼻出血的方法给大家讲清楚了，大家都说："这下可好了，又向刁医生学了一手，今后我们鼻出血自己也能防治了。"

刁景和并不满足，他把伙房剩下的白菜疙瘩、大葱根收集起来，配制出了 20 多种土药。他还做了个药架，把这些药摆列在药架上，并写上每种药的名称和用法。

一天早饭后，刁景和挎着药包去给工地送水。他忽然看到三班民工郑树增推着小车走路一拐一拐的，显得很吃力。刁景和立即放下水桶，快步来到郑树增跟前说："小郑，快坐下，我再看看你的裂脚，用胶布贴行吗？"

郑树增把小车放下，对刁景和说："胶布不行，推车跑几趟就掉了。刁医生，这点小事不影响我干活。"

趁休息时间，刁景和又专注地想开了：大伤口可以缝合，难道脚上的裂口就不能缝合吗？

于是，刁景和走到郑树增跟前说："小郑，你坐下，我再给你看看伤口。"

郑树增着急地说："刁医生，这个裂口是故意和我过不去，我真想用针把它缝起来。"

刁景和拍了拍郑树增的肩膀说："我也正想到用这个办法。"他接着用手掐了掐郑树增脚上裂口旁边的表层，问他："疼不疼？"

郑树增说："一点也不疼。"

刁景和说："小郑，我们今晚就解决这个问题。"

晚上，在一盏煤油灯下，刁景和端来一盆热水，把郑树增的脚搬到自己的膝盖上，给他脱下胶鞋，轻轻地洗干净，又慢慢地烫着裂口上的老皮。

郑树增把脚抽回来，对刁景和说："刁医生，我自己来烫吧。"

刁景和说："是很疼吗?"

郑树增含着眼泪说："不是，刁医生，我长这么大，我妈妈也没像你这样给我烫过脚。你整天饭都顾不上吃，可别累坏了。"

刁景和笑了，他说："没关系，咱们都应该互相关心嘛。"

过了一会儿，裂口老皮烫软了，刁景和又进行了严格的消毒，然后他就一针一线地缝起来。

缝合手术顺利地做完了，刁景和看到郑树增的鞋子里满是汗泥，就拿出了自己的干净鞋子给他穿在脚上，拍着郑树增的肩膀说："好了，时间不早了，赶快休息去吧。"

但刁景和自己却没有睡，他又把郑树增的鞋子刷洗出来，晾在早已经给民工们刷洗过的一大片鞋子旁边。第二天，刁景和又取出自己带来的那套修鞋工具，把所有鞋子上的破口缝补好。

在10多天里，刁景和第五次彻底检查了郑树增脚上的裂口，发现老皮渐渐脱落，裂口里的嫩肉已经愈合了。

初冬的一天晚上，天阴得漆黑，西北风卷着雪花纷纷落在地上。刁景和的工棚里灯光还亮着。

这几天，刁景和得了重感冒，头疼得厉害，不停地咳嗽，发烧到 39 摄氏度。现在他刚服完药，正有很多民工跑来看望他。

这时，忽然从外面急急忙忙地走进来一个人，他说："二班战士张华廷得了急病，想请……"没等他说完，大家都说："小声点，别让刁医生知道。"

但刁景和已经听到了，他用尽全身的力气爬起来，头上顿时冒出豆大的汗珠。刁景和抓起手巾罩在头上，然后拿起药包就往外走。

民工们都上来挡住刁景和，对他说："刁医生，你的病这么重，不能去！"

刁景和说："同志们，一听到有人患了急病，我怎么还能躺得住？"说着他就趔趄着向外走。

大家看拦不住刁景和，就急忙给他披上衣服，搀扶着他冒着风雪来到二班的工棚里。

刁景和来到张华廷跟前，就立即细心地为他检查病情。然后，他吃力地说："他是急性肠炎，又得了重感冒，高烧已经到了 41 摄氏度。"

说完这几句话，刁景和额上的汗珠不断地滚落下来，他有些支撑不住了。但他强忍着自己的病痛，强打精神给张华廷打了针，服了药。

凌晨 4 时，张华廷终于转危为安，屋里所有的人也都松了一口气。刁景和也露出了一丝笑容。

大家看到刁景和已经显得非常疲劳了，就赶快搀扶他回工棚休息。但刁景和走着走着，就眼前一花，倒在地上。

大家一齐喊着："刁医生，刁医生！"赶紧把他抬回工棚。这时，刁景和已经昏迷过去了。

县团的领导和医生们都赶来了，经过急救，刁景和慢慢地苏醒过来，他一睁眼就问："华廷的病怎么样了？"

袁指导员拉着刁景和的手说："华廷的病已经好转了，你就放心吧。景和同志，你用自己的行动为大家树立了学习的好榜样。"

炊事班战士战斗在工地上

3月28日早上，天气突变，从东南天边飘来一团乌云，带来一股强大的狂风，把大树刮得直摇晃。

晋县根治海河周头施工连炊事班里，大团浓烟从灶膛里钻出来，呛得炊事员们睁不开眼。班长吴玉合猫腰抄起簸箕，单腿跪在灶门前，可着劲地往里扇风。

可是，火苗刚被扇回锅底，又被烟囱上灌下来的强风顶了回来，"呼"一下子，一团发红的煤粉飞出灶门，吴玉合躲闪不及，被溅了一脸，烫得肉皮由红变紫，霎时起了一个高粱粒大的水泡。

炊事员刘大娃甩掉小棉袄，大喊一声："闪开，我来跟它斗斗！"说着他铲起一锹煤，就要往灶里塞。

吴玉合赶紧双手一挡，高声说："不能蛮干！"

刘大娃说："碰上这种天气，做饭就得豁出多烧煤。"

"唉，这顿饭就算多烧30斤煤，也值不得算计。"

"别说30斤，就是一斤，从矿山运到工地，容易吗？国家的财产，斤斤两两都要用到刀刃上。"

"就这一顿。"

"半顿也不行。"

刘大娃被烟呛得嗓子发疼，他捂着嘴到门外喘了口气，抬头瞅瞅工地上，转身回到屋里，拉住吴玉合说：

"老班长，要耽误了民工吃饭，就要影响筑堤，那可怎么办？"

吴玉合说："煤不能浪费一两，饭也要按时开。"

"怎么办？"

"与风斗。"

炊事员们都围住吴玉合，让他赶紧发命令，吴玉合指着钻出灶门的火苗说："毛病就出在烟囱上，马上在烟囱口垒个挡风帽。"

"干！"炊事员们来到院里，和泥、找砖，很快准备全了。

但是，大家又发愁了，大烟囱5米多高，左不靠树，右不挨墙，怎么上去？要搭脚手架来不及，去村里借梯子来回要7公里，时间也不允许。

吴玉合思考了一会儿，果断地说："搭人梯！"说着，他往烟囱跟前一站，拍着肩膀对刘大娃说："上！"

刘大娃推开吴玉合大声说："我个子大，当坐地炮轮不到你。"

吴玉合说："不行，你的腰受过伤。"

"老班长，你不行，还是让我来。"

吴玉合喝道："'三大纪律，八项注意'头一条就是一切行动听指挥。刘大娃，我命令你，上！"

大家都不再说什么了，刘大娃登上去了，大家又托着另一个炊事员上到了刘大娃的肩上。

吴玉合肩上驮着两个人，已经十分吃力了，但他对自己说："挺住，一定要挺住！"

有人问："老班长，顶得住吗？"

吴玉合说："没问题。"

经过一阵激战，挡风帽垒好了，大烟囱恢复了抽力，把钻出灶门的火苗拉回了锅底，大家都欢呼起来。

有一天，吴玉合问刘大娃："你说，想个什么法子，才能做饭不烧锅台呢？"

刘大娃被问得张口结舌，好半天才回答说："把锅坐在锅台上，烧火就得烧锅台。"

"那不浪费煤吗？"

"你说怎么办才好？"

吴玉合抬脚在鞋底上磕掉烟灰，然后叹了口气说："唉，要能把火全用到做饭上就好了。"

刘大娃嘟囔了一句："烧火无非是添煤呗！"

吴玉合一下来了精神，他说："瞧你说得多轻巧。要把火烧旺，就得添煤一条线，撒煤大扇面。干烧火这一行，表面看没什么，可里头有讲究呢。我今天进城去了一趟饭馆，人家那叫省煤灶，着实迷人呐。"

说着，吴玉合两手比画着，那样子，真想把人家的省煤灶扛回工棚。

到了冬季施工结束时，工地正在放假，吴玉合留下来看工地。

大年三十的晚上，吴玉合把旧锅台全拆了，屋里弄得尘土飞扬，坏砖满地。

刘大娃因为有事来找吴玉合，他发现吴玉合打着手电，钻在烟囱底座里正忙活着。

刘大娃使劲往外拽他，一边对他说："老班长，你还要命不？"

吴玉合手拿短把锨从烟囱里钻了出来，他瞅着刘大娃，高兴地说："老伙计，咱把烟囱座一修理，抽风劲就大多了。"

刘大娃说："老班长，今天是年三十呀，可你……"

吴玉合拍拍身上的土，对刘大娃说："大娃子，你怎么不过了年再来呀？"

"还不是让你催的。你给我去信说，从外地学了好多搞省煤灶的好经验，还给我说了好些鼓励的话。看完信，谁还在家里待得住，所以今天就回来了。"

说完，两个人都哈哈大笑起来。

这时，周围村子里，响起了庆贺春节的鞭炮声。

本书主要参考资料

《国史全鉴》本书编委会编 团结出版社

《共和国五十年珍贵档案》中央档案馆编 中国档案
　　出版社

《共和国要事珍闻》郑毅 李冬梅 李梦主编 吉林文
　　史出版社

《和洪水搏斗的武汉人民》湖北人民出版社

《透视当代中国重大突发事件》程美东主编 中共党
　　史出版社

《战海河》本书编写组编 河北人民出版社

《一定要根治海河》（宣传资料）

《激流》刘怀章著 河北人民出版社